窗边五柳书

陈柏清

著

民主与建设出版社

·北京·

图书在版编目 (CIP) 数据

窗边五柳书 / 陈柏清著 . —北京：民主与建设出
版社，2019.12
ISBN 978-7-5139-2768-0

Ⅰ. ①窗… Ⅱ. ①陈… Ⅲ. ①散文集—中国—当代
Ⅳ. ① I267

中国版本图书馆 CIP 数据核字（2019）第 248849 号

窗边五柳书
CHUANGBIAN WULIUSHU

出 版 人	李声笑
著　　者	陈柏清
责任编辑	周佩芳
封面设计	陈　姝
出版发行	民主与建设出版社有限责任公司
电　　话	（010）59417747　59419778
社　　址	北京市海淀区西三环中路 10 号望海楼 E 座 7 层
邮　　编	100142
印　　刷	唐山楠萍印务有限公司
版　　次	2020 年 1 月第 1 版
印　　次	2020 年 1 月第 1 次印刷
开　　本	710 毫米 ×1000 毫米　1/16
印　　张	13
字　　数	200 千字
书　　号	ISBN 978-7-5139-2768-0
定　　价	49.80 元

注：如有印、装质量问题，请与出版社联系。

序言　窗边五柳书

文 / 陈柏清

　　我的年纪不小了，但也还算不上老，是那种频频回首青年，步步走向中年的阶段。我开始写文字只是这三两年的事儿，所以这本书卖不了萌，又谈不上成熟，是一颗青杏子，涩的味道浓一点，可能酸甜之感只有挖空心思，专心莫言，砥砺奋进，肯卷起袖子加油品的读者朋友才做得到了。

　　人总是在喜欢一件事儿之后特别想挖到自己在这方面有天赋的根由。我想了很久，想起来对于写文字，我有过"先兆"。不知道几岁，没上学是肯定了，因为那时我母亲还在。有天她看着一本大书，后来我知道是《隋唐演义》，因为她走后多年，那本书还夹着一片彩纸页，在她看到的地方，一直夹在那里，书在，书签在，人已陨。我那时枕在她膝上，她就着煤油灯，我看着窗外的天，我说，妈妈，天上怎么那么多眼睛。这件事儿被大家念叨很多年，因为我还不识字，也从没儿歌或者童话书给我看。这也许是我唯一可以被认为跟文字有些先天缘分的事儿，当然出生时衔玉，龙云，雷电那是编都编不出来的，但是我确实出生在鸡叫时分。柳永在《定风波》中说，"悔当初，不把雕鞍锁，向鸡窗，只与蛮笺象管，拘束教吟课。""鸡窗"就是指书斋，如果说这个时辰出生的人都爱书，我是有几分相信的。

如果一人视力不好，那么他的嗅觉或者其他感觉都会相对比较灵敏。我小时候身体不好，大人不喜欢我出去见风识雨，小伙伴们因着大人这种情绪的影响，也因着我在游戏中会拖后腿，所以没人爱跟我玩，所以我最大的游乐场，是窗外的天空，最开心的游戏，是想象。那朵一会变成飞马，一会儿变成火炬的云朵，这会儿飞到了哪里？它看到了什么，这世界有没有一个地方，也有我这样一个孩子此刻正看着它？……打发无数嘀嗒走过的时间，我会牵挂一朵云，惦记偶然来到窗前的家雀，或者也看任何使我的眼睛有事可做的东西事物，于是，我也看哥哥姐姐们写在房梁上的诗歌，辞赋，于是就有了后来我写的一篇文章，《梁上书》。

有老师跟我约稿，我拖了一段时间，我当然内心狂喜，甚至觉得这有点不可能，我竟然要出书了，但接下来我想的重点是，这书有人看嘛，虽然我知道由于大批动迁和城市化，"村东厕所"早拆除了，随之厕纸问题也自动消失，可是我会不会是出版毒药，谁出了我的书都不会赚钱？但又一想，也许没人肯给我出，或者出了，无盐那么丑，还有人喜欢呢，谁知道就没人喜欢看我的书呢？

那么就欢欢喜喜的等着我的读者，但是我这本书确实没有优美的风景，没有励志的豪言，没有透彻的感悟，没有都市三十六计，我只是说了说我的母亲，我的父亲，我的兄弟姐妹，还有，我和我的日常。

一个平凡女子的流年，仅此而已啊。

目　录

第三辑　流年

第四辑　杂感

第一辑　小悟

《将饮茶》的平淡与勇敢

　　那一晚的星光特别低，长江水苍绿浑黑，偶尔飘过矿泉水瓶和垃圾，在拖船底层舱的窗口流过，倒映在江水里的星光又沉在江水里，折射浑浊忧郁的光。对床的女孩似乎一直在听音乐，低低的若隐若现，遇到熟悉的旋律，那些歌声便悄悄地在耳海清晰起来。

　　黎明的时候，她的耳机里唱着这首歌，"请抓紧我的手，在大大小小的寒风暖风里，因为，我不想在白发之前，把你弄丢……"我睁着眼睛，望着漆黑的船舱，看见她收拾好行李，没有道别，悄悄的起身拉开舱门，又反手关上，她到站了。

　　一切都沉静下来，关于从前，未来，我又开始胡乱思想并烦躁起来。彼时，我正失去恋人和工作，因为彼此倾轧、尔虞我诈的人际关系，我疲累不堪的从公司辞职了。也结束了漫长的彼此折磨，与初恋分手了。一瞬间，我成了赤条条无牵挂的孤家寡人，自由的快感并未到来，心却有了痛彻的寒冷。肩膀放松了，心却沉重了。迷茫有时是濡湿的棉花，空荡荡着沉重。我想在这危险的栈道小憩，扶栏看云，也想在雄浑的交响乐中寻找一个小小的休止符，静静回想。于是我随意买了一张船票，开始在长江上漂。

清晨的阳光透过半边玻璃窗漂浮在舱中，我目光梭巡的瞬间，看见对床竟扔着一本书，小小的白册子，杨绛先生的《将饮茶》，我拿过那本小书，吃着白米粥，翻这本小册子。开首第一篇，《孟婆茶》，一下凝住我的心神，"我登上一列露天的火车……一处是教师座，都满了，没我的位子，一处是作家座，也满了……"我想到了自己处境的迷茫，就像文中所说，我的位子在哪里？一瞬间，飘荡感袭上心头，眼眶酸痛。

《回忆我的父亲》，战乱时期的杨家，辗转困苦，父亲杨荫杭重病，家无所用，靠接济度日，杨绛自己说，只期盼着亲戚能资助自己读书就好，否则就去做童工。这样的境况，看不到文字悲楚，依然是平和而乐观，一切所经历的动荡，凶险，都淡淡的在笔端流泻，包括那些留存史册的事件，杨绛先生作为亲历者，也并没有大惊小怪的渲染，仿佛不足为奇的淡定。先生已古稀之年，看待世故人情的这种任尔东南西北风，我自闲庭信步的态度给了我感染和启发，心有所悟。

我抬起头来，看看狭窄的舱室，突然感觉不再狭窄，宽敞亮堂了许多。人生总要经历风雨，而学会乐观的看待世事，用一颗平常心直面现实，这便是生之勇敢。我的胸腔仿佛搬走了一块沉重的磐石，变得清爽了。

在余下的旅程中，我有这本小书相伴，竟觉无限快意，到终点站时，微笑已重现脸颊。因着那本小书，《将饮茶》，我从杨绛先生那里学到，世间事，没什么大不了。一切都可以重新开始，脚下已踩着坚实的起点，即使困难不可避免，我们也可以做到内心云淡风轻，勇敢面对。

爸爸的"从简斋"

　　我妈妈是小学教员，爸爸毕业于军队的大学堂，我大小混半个书香门第。而我们家最值钱的地方，书房。

　　所谓的书房就是我们居住的两间屋子后面的一间倒厦儿，倒厦儿这种房子，冬冷夏热，唯一的好处就是，冬夏读书不容易困。虽然只是一间小小的倒厦，却见爸爸的匠心，隔断的两块门板上，是爸爸的瘦柳体"陋室书山勤为径，粗案学海苦作舟。"横批"大道从简"。因此这书房就叫"从简斋"虽然有点自我解嘲的味道，可也透露出几分知识分子的风骨。

　　妈妈看满屋素简的只有书，便收集各种颜色的塑料管，剪成一段一段，拼成图案穿好挂门前，既可挡蚊子，又增加了几分情趣。我看书累了，就看着门帘在微风里来回晃动，还有随风晃动的图案，常常揣摩母亲拼那图案的初衷。

　　"从简斋"里最奢侈的两样东西，一是那红漆方桌，带着三个抽屉，有古色古香的铜拉环，桌面上一块玻璃板，压着一些老照片，爸爸妈妈的，我的，亲朋故友的，那是回忆的温床。妈妈擦得到处纤尘不染，铜环和玻璃面锃亮。桌子有些小来历，文革被抄没家产的一乡绅，爸爸为其平反，他以方桌相赠，爸爸以纪律婉拒，老人一斧头劈坏桌子腿，爸爸只好收下，但以一坛老酒回赠。还有一件是书架顶上的白花瓶，其实是妈妈参加演讲大赛得的奖杯，妈妈用它来插花，夏季插玫瑰，秋季插万寿菊，都是自家院子里种的，冬天的时候妈妈就在上面坐一浅蓝色的瓷碟子，弄个白菜头放里，浇点水，没几日就会长出娇绿的叶，开嫩黄的小花，冬天读书看一眼，心里涌上愉快，温暖，也不冷了，觉得日子还好着。书架自然是爸爸的手艺，我和妈妈扶着，他把板条钉在墙上。许许多多的书就在那里安居乐业，古典小说，杂志，报纸，教科书，参考书，甚至课本，我们的作业本，只要带字的纸，爸爸都精心整理好，分门别类，摆在书架上，贵重的，他还用报纸包好。我喜欢看爸爸读书，他静静坐在那把木椅上，靠着妈妈一针一线缝的厚厚的垫子，眼镜垂到鼻子尖，目光透过镜片专注的落到书上，面前是一大搪瓷缸冒着热气、浓的红茶。爸啦啦啦啦的喝着，我也尝一口，结果苦的我一下吐了出来。我想爸吃到肚里的知识都有苦茶垫着底吧。有时爸在大方桌上帮人写字，宣纸铺在面前，他提笔默思，蘸墨，笔在手中波云翻滚，他像一位将军，手中掌控千军万马，胸中峥嵘一泻而下。

一次爸同事来访，见家境拮据，面上颇有几分不屑，爸领他参观到书房，拍拍自己摞着补丁的裤子，又指着满墙的书说"我的这点家当啊，都在这了。"同事的脸上有了愧色。

我上高中时，家里换大房子，爸立刻倾其所有，布置新书房，家什没变，旧桌旧凳，只是书更多了。我想这是真正的读书人，他不在乎书之外的东西。这是真正的书房，书为大。

"闭门三尺地，无丝竹之乱耳，无案牍之劳形。"这一直是从简斋的品性。

成功如种莲

 从前听过一个故事，寺庙的老师傅有三个弟子，跟了老师傅几年，都很聪明，但师傅年老，便想选出一个最聪明的接班。一天，他给了三个弟子每人一颗古莲子，吩咐他们好生栽培。并说谁种的好，谁就接班。大弟子想第一个种出莲花来，接老师傅的班。于是他接过古莲子便飞奔而去，回到禅房，找了把锄头刨了个坑，就把莲子种在了雪地里。莲子种上后，他每天去看，可是过了好久莲子也没发芽，他失却耐心，便生气地刨开地，并摔断了锄头。第二个弟子回去后决心种出最好的莲花，向老师傅证明自己的能力。他先翻阅了种莲花的书籍，学习了种莲花的知识，又找了最好的花盆，放在温室里，用最名贵的药水和花土，种下了种子。

 不久，种子发芽，他什么都想用最好的，于是他又用金罩子罩住它，坚信自己一定会种出千年的莲花。结果因为没有阳光空气，不久小芽就死掉了。第三个弟子非常喜欢花草，他很期待千年古莲盛开的样子，于是他把种子装在一个布袋里，小心地挂在胸前。和往常一样买东西，扫雪，挑水，做斋饭，散步。春天来了，他在池塘一角种下种子。不久，种子发芽了，眼前一片新绿，盛夏的清晨，温暖的阳光下，千年莲花绽开了清新纯净的笑容。

那三个种莲子的弟子，我当然更欣赏最后那个。第一个太急于求成，第二个也把人生的成功看得过重，"关心则乱"，没了方寸，反不可得。第三个甚合我心，该干嘛干嘛，到了适宜的季节，有了适合的土地，莲子自然会发芽。

夏玄氏曰"天地以自然运，圣人以自然用"。天地万物，都有其自然发展的规律，成功也一样。过程要努力，尽力而为，结果要顺其自然。积极的人生态度是对的，但是要有智慧的生活，追求理想与成功，就像谈恋爱，要宁缺毋滥，在没有确实的计划之前，不管适不适合自己，就一味往前闯。我们看见许多人，同事同学，对理想和成功不可谓不追求，也不可谓不努力，有的时候甚至达到了食不甘味的程度，结果却是失望，原因是选错了方向。

像第一个弟子，急于求成，过度追求成功感以智昏，到最后才发现指导思想就错了，过程怎么能对，结果又怎么会好呢，岂不满盘皆输，而且丢掉了最宝贵的年华。看到新闻说一些成绩优秀的孩子因为一两次没考好，就自杀，那不就反被成功感所害，急于求成，得不到便走绝路。第二个弟子，对成功的追求有些不切实际，竟然妄想着古莲在没有氧气的情况下生存，这种逆天的想法注定了结果的失败。现实中许多人盲目的追求美好，却没想到现实生存的土壤，与现实环境脱离的想法，就会像罩在金钟罩里的古莲，没了可以滋养的阳光空气，理想和成功不会实现的。走在追求成就的路上，除了要认真努力，还要心明眼亮，洞察适合理想种植的真正季节。那便是你内心想要追求的，就如第三个弟子，该种则种，自然花开。强扭的瓜不甜，拔苗助长也不会得到想要的结果。所以，成功是要有步骤，又要很合理，也不要掺杂太多功利。

当你追求的是一颗种子的绽放，而不是花开背后与花无关的东西，你自然知道季节。

世人眼里普遍价值的成功，固然会令人愉悦。香车宝马，前呼后拥，但如果自己不喜欢，那又有何价值呢？杨绛就说过，"我们如此期盼外界的认可，到最后才发现，世界是自己的，与他人无关。"别把自己的生命为所谓的成功而搞得像一场交易，日子被所谓的理想压得像块规整的豆腐，既无快乐又苍白，那该是一个多么荒芜的人生。

在生命的每个季节里，做这个季节该做的事儿，想做的事儿，顺其自然，努力经营，生命里真正的成功就会如种莲，丰富而充沛，满含趣味，也等得到花开，收得到莲子。

成熟从接受不完美开始

上初中的时候，我经常幻想同桌的爸爸是我的爸爸。她的爸爸高高的个子，白面皮，话语温和，很儒雅厚重的样子。最主要的是她爸爸出差回来除了给她买衣服还给她买好多名著，那是我非常渴望的。看着她摆弄手里的书籍，我羡慕得要疯了。

我爸爸喜欢喝酒，有时候喝醉了还会骂人，有限的出差他也不会记得买礼物给我们。有一次在街上我们相遇，两个大人寒暄，我们悄悄挤眼睛。道别的时候，我回了好几次头，看见同桌被她爸爸牵着手，觉得她真是好幸福。我跟在爸爸的后面，看着爸爸并不高大的背影，心想，这就是我爸爸，这是无法更改的事实，无论如何我都要爱他，而不是别人的爸爸。那一刻我觉得自己突然一下成熟了。夕阳照在熟悉的街道上，却感到了某种不同，某种升华后的自豪与复杂，还有少有的平静，淡然。从那以后我再听到她跟我讲她爸爸对她的那些好，我也不再纠结，也不会暗暗神伤，因为我知道纠结和伤感不会带来改变，正如她会跟她的爸爸生活在一起，我也永远不会改变我有这样一个爸爸的事实。我们必须承认自己无法改变的不完美，并勇敢地接受它。

承认不完美是成熟的开始，它就像一道公式，用这道公式思维，一下可以解决很多问题。毕业考研，只差了 1.5 分就可以选学更好的专业，可是没有，就差了那么 1.5，同学都很为我遗憾，我反而没那么多叹息，人生不如意十之八九，就连元稹也说"昔日戏言身后意，今朝都到眼前来"，还说"诚知此恨人人有"。整日悲叹有什么用呢，承认不完美，摆正心态，才能往远看，朝前走。因为懂得认可人生的不完美，才能识时务，才能知道自己可以拥有什么，不会好高骛远，也不会妄自菲薄，以一种平和的心态面对世事，这便是成熟。

有的人一辈子都不能认可不完美，一辈子都在追求不可能实现的完美，自己纠结，世界都变得纠结。我二叔年轻的时候就在外闯荡了，做过小生意，打过工，干过传销炒过股。关于他的传言也很多，有的说在外面买了洋房汽车，娶了漂亮媳妇，也有的说他炒股赔钱跳了河。其实他哪样也没有，既没发家，又没跳河，只是怀着一腔的怨愤回故乡安老。这些年在外面唯一的改变是不像以前慷慨激昂了，没事儿独自坐在老屋前萎靡的晒着太阳。

二叔一辈子追求完美，小买卖觉得辛苦，打工赚的少，传销还违法，当然，对于大字不识得几个的老百姓，炒股更不靠谱。二叔可能觉得命运不为他垂青，没有一个生活是他想要的。这其实是一种心性不成熟的表现，过于追求完美的生活状态。要知道生活不完美是一种常态，善于接受这种常态，慢慢的通过努力接近自己理想的完美状态，这才是成熟的心智。因为这个世界总是在我们意识到它的不完美后，才清醒的看到它真实的样子，才知道怎样努力才能改变这种不完美。所谓知己知彼百战不殆。一个对生活没有清醒认识的人，是不能称其为成熟的。

承认人生的不完美，尽管有些残忍，但也是成熟的必由之路，是某些认知改变的必然结果。不要回避它的存在。也许这种认可会有小小的伤痛甚至泪痕，可是人生只有成熟才会完善。

等你在第三棵树下

那天和男友逛街，走到一处小学校，正赶上放学，孩子们潮水似的从学校里涌出来，一个蓝裙子的小姑娘快速在人群中穿梭，然后扑到一个站在校门口小树下的男人怀里，男人牵着她的手，两个人边走边热烈地聊着什么。我不自觉的转换着角度行着注目礼，直到他们的背影被不断涌来的人群淹没了，男友拍我的头"干吗，羡慕了？"他开玩笑地牵我的手："来……怎么了，你的眼圈怎么红了！"我甩开他的手，独自走到秋风里去，因为记忆里的那第三棵树，忧伤开始涌上我的心头。

中考前学校要求上晚自习，爸爸每天九点就到学校门口来接我，回到家他也会给我加个小灶，无外乎煮碗瘦肉粥，炒个鸡蛋什么的，那天他问我吃什么，我说要吃手擀面，他说好吧，我去洗漱的当空，他已经把一碗面条摆在我面前，然后又去厨房端汤，我接过他汤碗的时候，没想到那么热，手一抖，汤碗落地上了，他瞪眼看着我，有点生气的说："你这孩子！"手正痛的难过，我气恼地喊："我又不是故意的！""对，你还有理了！"父亲一边擦着地板上的汤，一边说道。我最受不了被爸爸妈妈责备，也不看看我手都烫红了，我一气之下把筷子拍在桌子上，站起来气呼呼地说："我不吃行了吧！"然后我回房间，砰地一声关上了门。我听见身后爸爸说："对，你就知道关门，面条不用你吃了……"然后我一边掉眼泪，一边听见爸爸很大声的在客厅里吃面条。我想我又要好几天不跟他说话了。

第二天我放学，看见他在校门口等着，我趁着夜色，混在同学中走过去，虽然走进胡同里时，黑暗和恐惧使我的心砰砰乱跳，可是我还是想我就要爸爸害怕，就要爸爸着急，让他知道我多么重要，要是我生气，他就会难过。果然，我到家没多久，爸爸急匆匆跑回来，我隔着房门听见他上气不接下气的问妈妈："孩子回来没？"妈妈说："回来一会了，你怎么还没接着？"爸爸的语气里明显有如释重负，但也含着一点愧疚地说："孩子太多了，没看清。"我心想："明天看你怎么办！"

第二天一开房门，顺着门缝飘进一张纸条，"爸今晚在第三棵树那等你。"连个道歉也没有，倒像是个约会似的，我把纸条扔在桌子上。

放学了，我缩在人群中，看见爸爸果然站在校门口的第三棵小杨树旁边，正死死的盯着校门口看，我一低头一哈腰，又走了过去，快到路口的时候，我回头望望，他还在那身躯前探，我想他一定是在努力辨认自己的女儿。

人流在减小，他依然一动不动在往前看，我似乎看到了他脸上的焦急，我有些内疚，停下了脚步。终于学生都走完了，只剩几个老师稀稀落落的走出来，父亲跑上前去，跟他们说着什么，然后又迅速的往这边跑来，然后他在昏暗的路灯下看见了我，他喘着粗气，隔着夜色我也能感觉他眼中冒出的火焰，他举起手："我真想扇你一巴掌……"

我一转身，刚才的眼泪又吞回去了，他跟在我身后，一边走一边说："你一个女孩子，自己走夜路，出了事儿可咋好？……"我自顾自地走，心想："爱咋好咋好！"大多数人的成长，都是在与这个世界的正反对错的碰撞中感受蜕变的痛苦，可是我是在与爸爸的不断摩擦中感受碰撞的痛苦。每一次我都满腹委屈，每一次他都手足无措，一地叹息。而那夜色中的第三棵树，无数次见证了我与父亲无声的对抗。

再大一点，我的所谓懂事就是学会小心翼翼的与他保持和谐的距离，看人家父女拉着手走在路上，情感上融会贯通，生活中无话不谈，我无限的羡慕，却与父亲从没有过。我不是个乖张的人，其实，我想做个乖乖女，我也多么羡慕可以做个乖乖女的孩子。

这种平衡一直到我上高中，从分科到报考的专业，我和爸爸都拧着，我要学文科，爸爸要我学工科，我要报文秘，他要我学财经，我们就这样在一个屋檐下相互关心，小心翼翼，又咯咯愣愣。仿佛是天生的南北极，从不能想到一起去。

毕业了，果如爸爸所言，在人才市场我的专业遇冷，万分郁闷之中，妈妈给我打电话让我回家，到家妈妈说你爸爸给你联系好了工作，爸爸依然不作声，只是坐在沙发上看电视喝着茶水，我突然又很想发脾气，可是冲谁发呢？冲一辈子不肯求人，但为了我的工作坐了两夜火车，拿了土特产登老战友门的老爸喊吗？还是冲我自己？我的眼泪又流下来，抬眼之间瞥见了老爸皱着的眉，我的心一痛……妈妈轻声说："你看你这孩子……还有什么不满意吗！"我摇摇头，不知该说些什么，只好站起来走回房间去，客厅里有母亲未发出的叹息，使我无法呼吸。也许我该跟爸爸说声谢谢，可是不知为什么，仿佛说出那声谢谢也是一种伤害。

以后的日子，爸爸为了帮我买房，曾屈尊回单位兼职，为了我的终身大事，遇到年纪相当的男孩就打听人家长长短短，我都努力使自己能淡然地接受，其实我多么恨自己无法反馈，多么恨爸爸付出那么多却不肯付出一点耐心听听我的心里话。我不想被动成为索取的孩子，我不想被动成一个啃老族，父亲的爱伤害了我的自尊，可我却找不到拒绝的理由。因为他挑落我内心的遮羞布，我不得不面对也许每个人都携带的渺小懦弱与自私。我们隔着一堵高高的玻璃墙，我那么自卑的蜷在角落里忧伤的品味他高大的父爱。

好在他有母亲陪伴，我可以堂而皇之的继续躲藏。可是有一天母亲给我打电话，说你爸爸一天没回来，我急忙开车到他常去的地方到处找，给亲戚打电话，从我哆嗦的语音，颤抖的双腿，我终于明白我多么害怕失去他。

一夜未睡，第二天要报警，他回来了，我们问他去了哪里，母亲更是声嘶力竭的责备他，他却有些懵懂，想了想说是要去二舅家，却迷路了，在公共汽车站呆了一晚。我和母亲面面相觑，带他去医院检查，医生悄悄告诉我们这是帕金森综合症的早期反应，母亲慌了神，我却突然变得强大，把自己的房子租出去，绝了自己躲藏的后路，制订了计划，一周陪伴父亲多少小时，什么内容。父亲变得有时明白有时糊涂，有时还朝我身上扔东西，突然明白了过来，他就像犯错的孩子似的，不知所措。我跟父亲在一起有时依然很难过，但不是那种难过，是后悔，面对父亲的病，我觉得自己的倔强和自尊一文不值，多么幼稚的坚持，我对自己说，其实我和父亲之间既没有隔着一堵墙，也没有不可逾越的鸿沟，只是一缕风，在彼此的爱中无足轻重的风。我难过但也感觉幸运，相对那些失去后痛哭流涕的人，毕竟我还有机会挽回，就像一幅画，从那第三棵树我要涂回去，涂上更缤纷的颜色。

爱中的人容易苛求，越彼此爱着，越要求完美，越求同不肯存异，于是爱便成为伤害，只是不要已经有所失去再察觉和补救，要学会在爱中宽容，爱令你博大。对于我，爱需要牢牢记住成长中那与爱相关的第三棵树。

风吹过蔷薇

A

眼看要迟到，寻小薇抱着书顺围墙急急地向教室走去。突然，"扑通"一声，一个人从围墙的豁口处跳了进来，吓了小薇一跳，跳进来的瘦高个男生瞪眼看着她，惊愕中也有几分意外，小薇下意识的后退几步，那男生见她受惊吓的样子，反而不屑地冲她嗤嗤鼻子，一转身大步跑开了。

惊魂未定的寻小薇一走进教室再次被那个跳墙进来的男生吓到了，那个跳墙的男生此刻正坐在自己的后座上，也意外地斜睨着眼睛瞧着她，难道他就是自己的新后座？传说中的加强版火星二代窦伟？窦伟在旭阳二中那可是喇叭按在窗户上，名声在外，据说老逃课才转学过来的。本着人若犯我我必忍之的精神，寻小薇低下头，悄没声息坐到了座位上，她知道，这是个惹不起的"麻烦鬼"。

一上午相安无事，那个家伙并无异常，看样子他并不是传说中的小怪兽，自己用不着强装奥特曼，想到这里，小薇的心缓和了下来。

　　放学的时候，小薇一起身，头发好像突然被谁拽着，疼痛使她尖叫起来，自己披着的长发什么时候竟夹在了椅背上。同桌张梅赶紧放下手里的书，帮她解，邻近的几个女同学也过来帮忙，寻小薇忍着痛，样子很尴尬，窦伟却坏笑着说"头发长椅子短了吧！"一时间寻小薇被气得泪星飞溅。大家七嘴八舌地说窦伟："都是你干的吧。""不帮忙还说风凉话……"窦伟做个鬼脸跑掉了。

B

　　真是怕什么来什么啊，这"旧恨"还没解开，"新仇"又来了。老师竟把这个"不定时炸弹"分在了小薇的学习小组，尽管小薇一百个不乐意，可作为学习班长，不能因为他调皮就不带他，这个理由小薇向老师说不出口。小薇偷偷和朋友发牢骚，朋友调侃她说："这是天将降大任于你了。"在老师和同学们的"大任说"鼓舞之下，小薇只好不计前嫌，硬着头皮找窦伟辅导作业，可他不是简单敷衍，就是找理由推脱，有时还跑到走廊的阳台上学演讲，小薇说他，他摆着手势说，"你懂什么，我这是在为中华之崛起而演讲"；有时候还会偷着学抽烟，小薇告诉他吸烟有害健康，学生更不许吸烟，他竟说："第一个吃螃蟹的人才是勇者，我这是勇敢。"每次小薇提示他要考试了，他都摊摊手，说："你们去，你们去，去抢第一，不是有一位著名老师说过吗，站在路边为英雄鼓掌的人也值得尊重，你们怎么不尊重我一下？"

　　窦伟整日大大咧咧什么也不在乎，可是微机课他很在意，他是电脑迷，微机课上，许多新见解，令老师点头称许。寻小薇总想借这话题，跟他谈谈，可是窦伟滑得像条鳗鱼，很难被捉住。眼看期末要到了，窦伟还整天不"靠谱"，寻小薇想自己也许应该跟老师"摊牌"了，请老师把这个"大任"转给别人带，自己和窦伟就像正负两极，永远无法沟通，她无法容忍他的恶作剧，他也不能接受她的一本正经。

可是还没等小薇和老师谈，又发生了一件意外的事。

C

白诗诗突然嚷着说自己心爱的《英汉词典》不见了，怎么找也没找到。老师就让大家都出去，留小薇和两个同学帮诗诗找。小薇在走过窦伟的座位时，突然在他的桌匣里看到了那本词典。那一刻，在告不告诉老师之间，她剧烈挣扎，最后还是决定不说，她猜窦伟只是恶作剧，而一旦说出去，他不但背个小偷的恶名，还有可能被处分。情急之中，她悄悄把词典放在了窗帘后。

因为没找到，老师又把大家叫进教室，希望得到一些线索，同学们纷纷议论着，小薇不回头也知道，那个恶作剧的始作俑者此刻一定在暗暗揣测。于是小薇说："要么大家再帮诗诗在教室找找？说不定谁用完随手放在哪里忘了告诉她。"老师点了点头，于是大家分头在教室的角落，窗台，甚至垃圾箱找了起来。坐在窗边的孙旭在窗帘后摸到了那本词典，他喊道，"呀，在这里。"小薇暗暗长出一口气，老师脸上也露出了笑容。

书既然找到了，大家陆续走出教室，小薇喊了一声窦伟，这次窦伟竟然很听话地站住了，虽还面带不屑，但小薇明显感觉到他眼睛里的游移。"一起走吧。"窦伟没做声，沉默着跟在她身后。

D

两个人来到足球场。小薇站住，"窦伟，你为啥要拿诗诗的词典呀，我有点不敢相信？""你想要挟我吗？"窦伟低声吼着，眼睛里闪着咄咄逼人的光。"如果要要挟，还用等现在！"小薇放缓语气，"我只是想知道原因，我坚信那不是你的本意。"窦伟深望着她："这么说词典是你放在窗帘后的？"小薇沉默然后又点点头。

窦伟的眼光里闪过一丝感激："说实话，我看到她整天拿她爸从国外带回的那本破词典得瑟就生气，故意气气她。"小薇又点头，以她对窦伟的了解，这她相信。小薇想了想，轻声说道："窦伟同学，你知道吗？其实我很佩服你对电脑研究的那么厉害，微机课老拿好成绩，大家都很想请你帮一把，让我们也把电脑学得更好。可是你为啥老耍我们……"说到这里，小薇突然想起那次头发被绑事件，摸着自己剪短的头发，不禁委屈得有些哽咽。

偌大的足球场安静得似乎晚风也被凝住了，窦伟看着小薇突然笑了，两排洁白的牙齿在月光下闪着熠熠的光，他抽出一张纸帕递过来，说道："还以为你多坚强呢，这么爱哭鼻子。"听他这么一说，小薇的眼泪落得更快了。突然，窦伟凝重地说道："好了，别哭了，再哭鼻子冲掉了，以后我都改了。"小薇透过朦胧的泪眼看见他微笑郑重的眼神，不禁为自己的眼泪有几分不好意思，但心里又为窦伟的转变开心得想笑，窦伟看见她沉默，以为她还在生气，不禁挥拳在她肩上轻轻砸了一下，真诚地说："相信我，兄弟，我不会给你丢脸，因为这是……为你，为友谊！"

小薇抬起头，虽然惊愕的脸上还闪着泪光，却抿嘴笑着举起手，"一言为定！"两个人的小手指紧紧地拉在一起。

活得像个贵族

清晨或者黄昏，我开窗的时候喜欢望向对面的一楼，因为那里有一个小小的花园兼菜园，木制的矮篱笆，紫色和粉红的喇叭花缠绕着，开的伶仃有趣，倭瓜随意的在几垄小葱旁匍匐，艳黄的倭瓜花在晨风里摇头晃脑，还有翠绿的辣椒，深紫的茄子，半红半绿的西红柿，甚至主人在他银白的窗栅栏上爬满了葫芦秧，开了浅黄的小花，葱绿的叶间摇晃着嫩绿的小葫芦。

我也喜欢看女主人，她穿粉色休闲的家常亚麻布袍子，长发推卷在脑后用一根木质的簪子一别，哈着腰在那些可爱的翠色斑斓间愉快的忙碌，有时我也看见她与老公坐在园前的石墩上，喝着茶聊天。那时我心里有深深的羡慕之意，宁做鸳鸯不羡仙，夫妇相随，日子就该这般的从容和青翠啊。我想到了物质与富足，贫贱夫妻百事哀，家境殷实该是这闲情雅兴的最佳保障。

一日因太晚没赶上通勤，只好坐公交回家，与卖票女子四目相对，我们都有些愣神，想了一刻，记起了她是我每日羡慕的女主角。

想必她也对经常伫立窗前的我有印象，先我展露了笑容，轻声说道："原来是您呀！"我一边递零钱给她，一边答非所问的说道："原来你在这里上班啊！"她很自然地说道："对啊。"并未听出我话语里的惊诧。正好是最后一班，她交接了一下，便与我搭伴回家。

路上闲话，想到我对她小菜园的钟爱，于是我说："你的菜园真漂亮！"她笑了说："一个夏季几乎够我们家吃的了。"并热诚邀请我可以去摘菜。见她说话如此坦诚，我禁不住说出了心底的疑问，她咯咯的乐，说道，我们哪是什么大款啊，我和老公要还房贷，要供小孩，是彻彻底底的工薪族房奴，哪有您说的那么休闲。不过，她看了我一眼说："浪漫倒是真的。"

听她说种菜是为了省下买菜钱，心中筑建的浪漫之塔本已轰然倒塌，听她这么一说，不禁冲口而出："没有钱怎么浪漫啊？"她笑着说："有钱不一定就浪漫，没钱不一定就不浪漫。"我心想，虽然说是那么说，可没钱终究是无法浪漫的，她似乎看出了我心底的不服气，说道："浪漫其实是一种心情，不是场景。"她说，"如果你心底没浪漫，即使你冬天去芬兰滑雪，夏天去马尔代夫避暑，你也一样枯燥乏味，与呆在家里的心境没区别。可是你心底有了浪漫的种子，随时随地都会爆发。"她撩了撩长发，说道，"看，现在月牙高悬，霓虹眼前，虽然有点累，有点饿，可是出其不意遇见您，晚风习习，结伴归家，不也是很浪漫的吗？"

我看了看静谧的街景，轻拂的柳丝，听着我们的高跟凉鞋哒哒叩地的声音，再看看身旁开朗乐观的她，还真有几分浪漫。

记得以前看过一段著名作家亦舒的话，她说作为一个女子真的不易，要有十八般武艺才行，支持老公，照顾孩子，还要把自己打扮的精致妖娆，学会讨好上司，融洽客户，还要面对一个大抵会多事儿的婆婆。我自己深以这段话为然，每天忙碌，恨不得自己比八爪鱼还八爪鱼才忙的开。

可是这个与老公坐在小菜园边喝茶的女子并非我想象的全职太太，出身富贵，她一样要面对房贷，拮据，子女和工作，却能在这种忙碌中与烦琐相处的云淡风轻，悠游自在。这么晚下班也没听见她丝毫抱怨，反而因为遇到一个并不熟悉的邻居同路而开心感恩，她并不把在小菜园里忙碌看做是为了省钱的苦差事，而是当做一件浪漫的事儿，既满足物质需要，又满足心理需求。

　　同样的环境，为什么感受上的反差这么大呢？我们得承认，琐碎是生活的必然，当我从窗口看见素手拈花的女子，岁月留香，似乎永远没烦恼，但也许她把所有的琐碎加了小小的花边，使岁月印染了多彩和美丽，世间本无事，庸人自扰之，四两拨千斤的智慧与心态便是一种浪漫。

　　世界是如此妖娆，配上精致妖娆的女子，这本身就是最美的景致。所以，生活从来不缺乏浪漫，而是缺乏发现浪漫的眼睛，缺乏享受浪漫的心情。

　　如果你有一个好的心态，即使是在最枯燥无奇的生活里，你也会活得像一个贵族，云淡风轻，仪态万方。

家有小妞初长成

　　时光如片片翎羽，不经意间，家有小妞初长成，女儿已经从牙牙学语长成了一个中学生，在去年的中考中名列前茅，进了重点高中的火箭班，同事朋友，许多人都很羡慕我，因为不但女儿取得了这么好的成绩，我也同时考取了国家注册的心理咨询师和建造师。他们都说，教育孩子的任务那么重，你还能取得那么好的成绩，是怎么做到的呢？我说，我啊，我是无为而治，什么也不做。其实呢，说句心里话，无为而治是理念，但是否真的无为而治，其实还是要主动进行潜移默化，只不过这种教育更注重的是影响，而不是硬性的指令。

良好的学习习惯，来自于从小对孩子的潜移默化

　　我们这个年龄的女性，见面聚会就三句话不离本行，孩子，大家提起孩子似乎都焦头烂额，心情愉悦的少，为什么呢，学习，生活习惯，各种的不满意，各种的操心，身心俱疲，可是每次我谈起女儿，我都云

淡风轻，都是有趣的事儿。

她们说，难道你不用操心孩子学习吗？难道你不用每晚陪着做作业吗？说不操心孩子学习，那是不现实的，孩子毕竟还小，有时需要指导。说要晚上陪孩子学习，真的没有，为什么呢，因为多此一举，孩子不用，我也觉得在旁边看孩子学习，有监督的嫌疑，像看犯人，那对孩子自尊是巨大损伤。为什么对孩子的学习如此自信呢？因为已经养成了学习习惯。

学习已经是她日常生活的一部分，为什么还要费心费力地去监管。在学校也经常听老师讲要养成孩子良好的学习习惯，那良好的学习习惯到底要怎样养成的？说到习惯，我觉得就不是一日之功，孩子生下来是一张白纸，养成什么习惯，这跟她人生的第一个老师，父母有很大关系的。

那是女儿两岁多一点的时候，我觉得女儿应该接触一些外语，打个前站，对将来她入学学习外语有好处。于是每天清晨去唤醒她之前，我就把床头的小录音机打开，放上英语儿歌，女儿一睁眼，就听到了，刚牙牙学语，她就跟着录音机里的英文歌曲哼唱，日常生活中，一些简单的会话，我和先生也用英语。等女儿再大一点，她会的英语单词多了，干脆和女儿用英语交流。

有一次晚饭后，我削了一个大苹果，切好后，放在盘子里，先生说，"apple！"我递给他一块，女儿看了看，也伸出了小手，我指着苹果，微笑着看着她，女儿歪着头，瞪着乌溜溜的大眼睛，突然很准确的说出了"apple！"这个词，我开心的抱住她，递给她一块苹果，女儿咯咯笑的好开心，那天她吃了好几块苹果，连说了好多次"apple"以后，她一想吃苹果，她就会说"apple"并且非常轻松的学会了好多食物单词，而且还养成了用英语和我们交流的习惯。

不但是英语，其他很多学科，比如枯燥的数学，我没事儿时给女儿讲很多数学家的有趣故事，使她心理形成了崇拜感，自己也想成为那样的人，所以，上学后对于家长为难的枯燥的数学学习，以及其他学科的学习，女儿都不觉得为难，反而很轻松，很渴望，根本谈不上负担，而是一种享受。因为这种学习习惯上的未雨绸缪，使孩子在应对将来繁重的学习任务时不会感到厌倦和焦躁，父母也不会跟着难受，学习就变得简单而快乐了，这都是因为你早已为孩子养成了良好的学习习惯。

这种教育上的无为而治，使孩子生活不紧张，如春风化雨，自然而然就接受了她该接受的知识。

阅读，是最重要的成长

有许多家长都认为，大量的阅读会占用孩子做功课的时间，因此他们管课外书叫闲书，千方百计阻止孩子课外阅读，以期使孩子"埋头圣贤书"，对教科书心无旁骛，认为这样才会令孩子不分心，学习成绩搞上去。

但我却不以为然。女儿考试的成功也证明了广泛的阅读不但不会耽误孩子的学业，有时还是一种良好的补充，也是对人生的一种丰富。但什么事情都有个度，如何平衡好阅读和学习的关系，使孩子爱上阅读，但也不会荒废功课呢？现在的孩子如果有业余时间，做低头族的多，在手机里看动画，玩游戏，说心里话，像女儿那样有时间就端一本书看得津津有味的不多。阅读的兴趣首先也是来源于我们的影响。

在她不大的时候，我们每个周末都带她去图书馆，我们看书读报，她看画报，漫画书。再大一点，就帮她用学生证办了借书卡，休息的时候就可以自己去借书。由开始我们带着去，到最后自己主动去。这样的活动使她感到快乐，渐渐她爱上了泡图书馆，爱上了读书。出去逛街也是，我们最爱去的地方就是书店，图书超市，女儿跟我们去得多了，对那里的环境很熟悉，也很喜欢，如果她买书，我们对她的零花钱也很宽松，这是一种潜移默化的引导。阅读使孩子接触到书本以外的东西，丰富了她的生活，开拓了她的眼界，广泛阅读的习惯不但会影响到她未来的生活，还对她的学业有直接的帮助。她的文章老是被当做范文在班里朗读，同学们都很羡慕，你那么多词汇，那么丰富的知识从哪里来？都来自阅读。

还有一句话，叫腹有诗书气自华，一个人良好的阅读习惯，绝不是有利于学业这么简单的作用，读书，会活出一个不一样的你自己，它使人思想更深邃，认识问题更深刻理性。在许多孩子叛逆期很严重的时候，女儿已经做好了充足的心理准备，学会了自我调整，主动面对自己叛逆期的来临，这对于她顺利度过青春期起到了巨大的作用。

在面对课外阅读与课业矛盾时，她也能做到理性对待，为自己制定了合理的读书计划，平衡了阅读与课业在时间安排上的矛盾。所有这些都表明，阅读只会助力孩子的成长，它对一个孩子创造美好的一生都有所裨益。

养成良好的阅读习惯，既是父母的追求，也应该成为孩子的选择。

孩子的生活不能只有学习

前几天我在网上看到一条新闻，一个孩子把自己母亲的头都打破了，只因在看手机时，母亲的头不小心遮住了他的手机屏幕。这条信息令我震惊，但联想到周围看到的一些现象，又觉得出现这样的事件也不足为奇。

有一天我半夜加班回来，见楼下的母亲匆匆下楼，问她去干吗？她一边叹气，一边急匆匆往外走，说是自己十四岁的儿子半夜要吃酸辣粉，人家快递师傅嫌远，不肯送，她只好亲自去买。那天夜里外面很黑，有点阴天，我开车回来时，街上已没几个人，我有心喊她送她去，可是这位母亲已消失在夜色里了。

我边上楼边想，这个十四岁的男孩在驱使母亲深夜为他买食品的时候，心中可曾想过母亲的辛苦与安危？很显然未曾想过，为什么未曾想，因为在他的生活概念里，没有对母亲的爱。现在许多的校园暴力，许多孩子在生活中，面对父母，亲人，同学，朋友展现的冷漠无情，时时都表明现在的孩子爱的缺失，这是人生最重要的课题，可却被淹没在太繁重的学业中。

朋友们羡慕我的家教，不但是女儿课业的优秀，还有女儿的懂事孝顺。如果进行一份调查，我相信80%的中学生，无论男生女生，都不会做家务，也很少做家务。可是女儿可以这么说，做家务是她的分内事儿。

每个周末的拖地洗碗，都由她来。如果她先吃好，需要去读书，她会说，爸爸妈妈，你们吃好了叫我。等我们吃好了，她会主动过来收拾碗筷，洗刷，收拾厨房。也会在我们熬夜加班的晚上，早晨主动做早餐，荷包蛋，热奶，自己烤制小蛋糕。这令许多到我们家做客的朋友惊奇。她们说，现在会做饭，做家务的女孩像恐龙一样珍稀了。

孩子不会做家务，大多是因为父母没有引导她们，没有教会他们做家务。我的一个同事，我到他们家去做客，她的小孩要洗水果，她就喝止，怕洗不干净。要帮着端盘子，她又怕给烫到手，久而久之，孩子坐享其成惯了，自然没了做家务的心。

其实，让孩子帮忙做家务，不但锻炼他的生活能力，还是一种最直接有效的爱的教育。孩子在帮你做家务时，是他的一种爱心的体现，作为父母应该点赞支持，这种点赞与鼓励，不光是对她干家务活的肯定，还是对她这种爱的行动的肯定，告诉她，爱，使生活美好，使相处愉悦，这是最直接的方式。

我的婆婆住在和我们隔一个马路的小区，女儿很小的时候，就知道家里做了好东西打电话给奶奶，喊奶奶过来吃，如果奶奶不能来，她还会主动要求承担快递员的任务。我在楼上看着她小小的身影认真的端着美食谨慎的走过马路，走进婆婆的小区，很多次我都热泪盈眶了，我为女儿骄傲，也感动。

婆婆的邻居一提起女儿，都竖大拇指，说，人家的孙女没白疼，懂事孝顺。一个完美的人，绝不止于事业的成功，学术上的造就，他必也是一个懂得爱的人，所以孩子的成长，孩子的生活，不能光有学习，还应该有爱。

要懂得爱，爱人，去爱，这才是一个健康成长的孩子该有的姿态。

蛱蝶的秘密

当崔行坐的宝马 X6 驶过校园拐角的垃圾桶时，他不经意的往外瞥了一眼，许小浅？自己的前桌，那个整天弓腰在课本上的书虫此刻在这里做什么？车子拐过的瞬间，冬日灰暗路灯下那个瘦弱身影留在崔行满是疑问的脑海里。

第二天早晨看见许小浅，崔行又想起昨晚的一幕，他踹了踹许小浅的凳子："喂，四眼妞，昨晚放学你在学校垃圾桶那干吗呢？"他看见前面许小浅的头低下去，同时耳朵红了，许小浅此刻的样子更引起他的兴趣，他提高了嗓门："喂，说话呀，你干吗呢？难道是寻找宝藏？"许小浅仍不作声，同桌魏莹回头瞪了他一眼，"一边呆着去。"崔行张了张嘴，把话憋了回去，他有点怕这个魏莹，嘴巴厉害得很，惹她急了，会整天像麻雀一样追着你辩论。不过他心里还有点好奇，她们在搞什么？神神秘秘的，很显然对于许小浅的举动，魏莹是了解内情的。他决心自己做个柯南第二，把这件事搞个水落石出，想到这里，一丝坏坏的笑浮上嘴角。

晚上放学他特意让家里的司机老徐先回去，自己躲在校园外的墙角处，伏击果然有效，当崔行如一只阿拉斯加犬一样悄悄靠近许小浅和魏莹并大叫一声时，许小浅和魏莹都"啊"的一声吓掉了手里的东西，看着崔行呆若木鸡，不知所措。

崔行看着他们的样子想笑，可是看了看地上掉落的矿泉水瓶又有些不解，"你们……"他指了指地上的瓶子，"就为这个？""你懂什么。"魏莹一边说一边弯腰去捡那些掉在地上的瓶子。"你们放学偷偷摸摸捡垃圾，太丢人了吧。"崔行瞄了一眼低着头的许小浅，仿佛看到黑暗中她的耳朵又红了，这次好像还有眼圈。

"怎么丢人了，去去去，你坐你的宝马，我们捡我们的垃圾。"魏莹一边说，一边碰碰许小浅的肩，"别理他。""真是的，遇事儿差钱你说，别干这活啊。"崔行一边说一边手伸向钱包，看着女同学都捡垃圾了，自己不伸手也不是他崔行的个性啊。"谁说要你的钱，我们会解决。"魏莹推开崔行。"你别后悔。"崔行嚷道，可是走了几步他又回来了，没想到这两个犟妞还真不喊他，"你们到底说说咋回事儿，我没别的意思。"他降低语调。

魏莹说："也没别的事儿，小浅前几天收班费不知怎么差了50元钱，如今欠着朱宇的。小浅的情况你也知道。"魏莹停顿一下补充道。许小浅的事儿他听同学说过，爸爸身体不好，妈妈靠打零工养家，这不屋漏偏逢下雨天吗，他的手又下意识伸向裤兜，魏莹摇了摇头，"小浅不会要你的钱的。"崔行看了看弯着腰继续寻找矿泉水瓶的许小浅。没废话，挽起袖子翻垃圾……

第二天放学，崔行对魏莹和许小浅说："你们会叠餐巾纸吗？"两个人都摇摇头，崔行便教她们两个叠，他说爸爸的酒店急需一大批，她们两个学会了可以得一笔报酬，两个人学的很快，第一晚就叠了100多个，没有几天就把差的50元钱补上了，许小浅还用剩的钱请魏莹和崔行吃了棒冰,虽然这种棒冰崔行在平时连看都不看的,可是今天看着她们俩开心的样子,竟也在小店里冻得哆哆嗦嗦的啃起沁凉的冰块子。吃着棒冰,许小浅说还剩十多元钱,她想做一件事儿,魏莹问:"什么事儿?"许小浅说:"我看见孙萌的班日记写她想有一副带兔子的手套,过几天她生日了,我们用挣的钱买给她好不好?""好好!"崔行和魏莹连声叫好。

那天中午阳光灿烂,孙萌拿着一副雪白的兔子头手套,激动得眼圈都红了,同学们看着桌上的粉红信笺,画着漂亮的蛱蝶,上面写着,"蛱蝶小组祝亲爱的孙萌同学生日快乐!后面还有一行小字附注:亲爱的同学们,七年级一班蛱蝶小组即日起宣布成立,如果你们有什么梦想或者困难,欢迎在班日记写出,蛱蝶小组将会与你们一起圆梦!祝你们快乐!"

同学们一边祝贺孙萌生日快乐,一边热烈的讨论着。不久运动意外受伤的胡雨收到安慰的蛋糕,何美得到了梦想好久的漫画……一张张粉色的大信笺真的像一只只美丽的蛱蝶,给大家带来了梦想成真的快乐。

有一天放学,班主任陈老师留下了许小浅和魏莹,崔行,她拿出那只装满了硬币的粉猪,笑着说:"亲爱的蛱蝶小组,我也来加入好不好?"

如今的蛱蝶小组早已不是局限在七年级一班,也不仅是给同学圆梦了,她们还在社区做义工,帮助孤寡老人等。从许小浅,魏莹到崔行至今已有许多蛱蝶小组成员,他们就像一只只蛱蝶飞到那些需要帮助的人中,带给他们温暖与快乐。

春满大地,蛱蝶在飞舞。

每个人心中都有一条芒果街

　　接触这本小书，正是北方四月的浅春。图书馆前漫坡的桃花与垂柳相依，无端勾起思乡的情绪。我不得不承认自己的孤陋寡闻，选择这本小书，并不是因为作者桑德拉.希斯内罗丝，我对她毫无所闻。只因作为导言的博尔赫斯的那首《雨》"突然间黄昏变得明亮，因为此刻正有细雨落下，……这蒙住了窗玻璃的细雨……在某个不复存在的庭园里洗亮，架上的黑葡萄。"它正迎合了我此刻隐隐发作的思乡情结，还有代译序的陆谷孙老师，他是我崇拜的翻译家。

　　可是第一篇《芒果街上的小屋》第一句话"我们先前不住芒果街。先前我们住鲁米斯的三楼，在先前我们住吉勒。吉勒往前是波琳娜，再往前，我就不记得了。"以及配图，黑白色调，尖顶旧屋，东倒西歪的庭院护栅，矮树，月亮，黑猫，奔逃中回头的女孩，清澈的大眼睛，表情羞涩略带惶惑……我记忆的闸门被这略带忧伤的诗意讲述打开了，思绪回到了故乡。从前的玩伴，童年温馨琐碎，姐妹相亲，兄弟相伴的大家庭。

"只有妈妈的头发，妈妈的头发，好像一朵朵小小的玫瑰花结，一枚枚小小的糖果圈儿，……把鼻子伸进去闻一闻吧，当她搂着你时，你觉得那么安全，闻到的气味又那么香甜，是那种待烤的面包暖暖的香味，是那种她给你让出一角被窝时和着体温散发的芬芳。你睡在她身旁，外面下着雨，爸爸打着鼾。哦，鼾声，雨声，还有妈妈那闻起来像面包的头发。"活灵活现的细节描写，形象的，童言无忌式的率真语言，真的一下直抵内心，仿佛在重放生命里已经飘过的某些情节。

芒果街在作者笔下是苦涩着的温暖，也有成长的忧伤。"蕾妮还很小，做不了我的朋友，她只是我的妹妹，……你不能挑选妹妹，你只是就那么得到了她们……"在作者幼小的心灵里，责任与孤独并存。她说"有一天，我会有一个我自己的，最要好的朋友。一个我可以向她吐露秘密的朋友。一个不用我解释就能听懂我话的朋友。"是不是我们的童年也曾无数次对着月亮吐露过这样的心事？埃斯佩朗莎，芒果街故事的小主，这个名字继承自她的祖母，可她不想像祖母那样"她用一生向窗外凝望，像许多女人那样凝望，胳膊肘支起忧伤。"

在破旧的外裔聚居的芒果街，她们也有难得的橘色欢乐，露西，拉切尔姐妹，她和妹妹蕾妮合伙买了一辆新的脚踏车，她们风驰电掣般骑着它"骑过了我的家，骑过街角宾尼先生的小卖铺……"

她想要一所大房子，"那里有我的前廊，我的枕头，我漂亮的紫色矮牵牛，我的书和我的故事……寂静如雪的房子，一个自己归去的空间，洁净如同诗笔未落的纸。"但是正如埃斯佩朗莎所说，"有一天我会对芒果说再见，我强大得她没法永远留住我。"因为"她们不会知道，我离开是为了回来。为了那些我留在身后的人。为了那些无法出去的人。"

正如陆谷孙先生所说，这是诗化的"成长的烦恼"，是在怀旧中等待"戈多"……好像是 something of everyting。但是在诸多的思想内涵中，我更愿意享受书中轻灵而深刻的语言，少女时代最后一段光阴中清澈的烦恼，迷离的忧伤，以及作者喃喃如邻家女孩的讲述。文字如珍珠雨，纷落心的玉盘。在每个人内心芒果街的时空长廊发出清脆的回响。

最后用著名作家毛尖的一句话来结束"不管喜欢与否，你都是芒果街的，你迟早要打开这本书。"

你需要的不是山水

　　我的朋友常说压力大，活得太累，待小孩考完了试，我就劝她带着孩子去南方度假，相信南方秀丽的山水，可人的美食，会使她心情愉悦。期间微信聊天，朋友三句没到便问起单位的事情来。我知道她心思，劝她好好在外面玩，因为对于我们来说，除了工作，还得围着孩子转，难得改换一下环境，出去放松，可是，旅游见闻没说两句，又谈起了工作上的事，朋友是心思缜密不甘人后的人，但我还是再次劝她身在外，军令有所不受，工作上的事儿，先放放，要学会身在曹营，心在曹营。虽然她呵呵，但我相信我的话效率堪忧。

　　因为她此刻需要的不是山水，而是一颗放下的心。

　　我还有一个姐妹，家庭条件优渥，只是与爱人貌合神离，只剩下人前的尊重。她的微信里一年四季充斥的都是各地的风光，她几乎不在家呆，总是流连在世界各地的风景区。照片里的她身着红艳，笑容夸张，大家都很羡慕她的生活，可不知为什么，我看了照片总觉得刺目，又生感慨，仿佛那夸张的服饰与笑容背后隐藏着很深的落寞，一如厚厚的粉底无法遮掩逝去的青春，每当看到这样的脸，心里便生出无尽的同情与悲凉。

对于山水的欣赏，是一种审美能力，但更是一种心境。田园间的农夫看到的是秧苗和土地，一个诗人看到的也许是原野，蓝天白云和由此派生出的诗情画意，这是审美的能力，决定了你眼中的风物，如果一个悲伤的人，看到的阳光会是惨烈，看到的云朵会是凄凉，雨也是凄风苦雨，这就是心境，如果你怀揣着一个烦躁的都市心，又怎么能感受远方的青山绿水？青山绿水与你无干，因为你揣着一颗没放下的心。

山水就像画的颜料，许多时候只是锦上添花，心情好，看到的风景更美丽而已，如果山水改变了你的心境，那也是因为你先改变了自己，再以一个新我来欣赏山水。有一首诗叫"窗含西岭千秋雪，门泊东吴万里船。"还有一首诗，"两个黄鹂鸣翠柳，一行白鹭上青天"，一冬，一夏，都写得很高远，心情却绝不同，一个清冷落寞，一个生动活泼，而看到冬之清冷者，因为内心思乡的凄苦，所以看到的山水便是凄冷的，感受夏之活泼的，也因为乐观的心境，才听到鸟鸣，看到翠柳。我的朋友，走到哪里心里装的都是俗世的计较，多么美的山水，也不过是过眼烟云，深入不了内心，澄澈不了心境，又哪来的欣赏能力？我的那个姐妹，带着无法解脱的内心，恐怕喧闹和美景，更会增加"举杯邀明月，对影成三人"，美景当前，却与何人赏的寂寞，所以，不要奢望山水转变你的心境，能转变你心境的只有你自己，如果没有转变，走到哪里也还是烦恼心。

山水，只有在心里有山水的人眼里，才是山水。

请正确看待那条性感的裙子

快过 15 岁生日的女儿，今年要自己选礼物。周末休息，就带她来到商场。

玩具区，文具区，图书区，女儿都一扫而过，到了服装区，她停住脚步，睁大了眼睛，我心想，原来女儿想臭美了。也好，从小到大，她的衣服都是我包办，也该让孩子展露一下审美，选点自己喜欢的衣服穿。

左看右看，牛仔裤？小衫？没满意的，我看上了一条连衣裙，正适合中学生穿，可女儿试了试，就脱下来了，悄声问她怎么样，她摇了摇头。却抓起另一条裙子，我抬眼一看，心里一震，那条裙子……怎么说呢，不能说不漂亮，淡紫色雪纺，无领无袖，露肩的抹胸裙，后面打着一个蝴蝶结。文雅点说，是很有魅惑力，很性感，俗点说，就是太风尘，太暴露了。我皱了皱眉，可女儿似乎没看见，喊店员找一个合适的码，店员打量了一下她，再看看我，还是找了一条给女儿，女儿乐滋滋的去试衣间。一阵烦躁涌上心头，我默念了三十个数，告诉自己要懂得尊重女儿。女儿出来时，我眼前一亮，别说，这款式简直是给女儿量身订做的，只是再看看那稚气的脸，就有些不合适了。

左摸摸，右瞧瞧，我挑毛病："宝贝，这后背露的太大，好像不太适合。"她照照镜子："我觉得挺好看！""这颜色……"。"我就喜欢这颜色，您就尊重我一回吧。"心里一番斗争，想到女儿过生日，只要她开心，于是就买下了。

一路上女儿对我又亲脸，又挽胳膊，开心的不行。看到她这么高兴，我心里的结也渐渐化解，不就是一条裙子吗，不能上纲上线。回到家，女儿忙不迭的把裙子穿上给老爸看，先生没作声，露出讶异的表情，扭过头看我，我偷偷冲女儿努了努嘴，他回过头看看女儿："嗯，挺好看，不过在家穿穿就好。"女儿噘着嘴巴："为什么"？"不为什么，你还小嘛"。"小就不能穿漂亮裙子啊。"先生无奈的摇了摇头。睡觉前，他有些担忧的对我说："这孩子思想没问题吧，怎么……""不就是一条裙子吗，也许她只是好奇，谁的青春期没奇怪想法，当初我们也一样啊。"先生点了点头。

本来以为女儿就生日时穿穿照个相，谁知道，周末我加班她竟然穿着那条裙子到我单位去了。同事眼中一闪即逝的诧异，令我尴尬，我相信女儿也已看在眼里。

回家她就把衣服脱了，拎在眼前看了又看，问我："妈妈，这件衣服不好看吗"？我说："挺好看"。她疑惑的看着我，似乎在问，那为什么我穿出去，没人夸我，反而都那样闪烁的眼光，我笑了，说："妈妈说句实话，想听吗"？她说："想"。我说："不是衣服不漂亮，不是你不漂亮，不是衣服不和你的身，但错在一处。""哪处？""你还没到穿这种衣服的年纪，也还没有那样的场合"。她歪着头想了想，笑了，我说："是的，这样的衣服穿来很漂亮，可展现的是性感的风情，作为中学生的你还不适合，而且这样的衣服不是什么场合都能穿，是特定场合才穿的，比如party。一些平常场合穿这样的衣服，就有些不合时宜。其实穿衣服合适与否，不光指身材和气质，还指身份与场合。比如妈妈穿休闲服很好的，可是在职场，我是不可以穿休闲服的，这就是穿衣服的学问。"

女儿睁大眼睛看着我，露出崇拜的样子。我借此事不但说服了女儿不再穿那件衣服，还教导了她的穿衣经，这对一个女孩子都是有用的学问，可是如果我喊她特意讲给她，她就不见得那么容易接受了。

偶尔有离谱的想法，做法，不见得就离经叛道了，孩子买了一件性感的裙子，只是她很希望吸眼球，引人注目的正常反应，谁还没点小小虚荣心呢，尤其青春期女孩子，但不能因此就判定孩子思想不健康，价值观有问题，其实恰恰相反，这是孩子爱美，爱生活的一种表现，只是没找到正确表达方式而已，此时一棒子打死，就会严重影响你和孩子之间的沟通。

谁的青春不搞怪，要正确认识孩子青春期偶尔的小异类，思想的小越轨，细细观察，正确认知，保护好孩子青春期蓬勃的展现力和努力进取的精神。

孩子的青春期快乐，你的生活才顺畅，这是生活该有的姿态。

人来人往，何妨从容

温凉参半的风吹过叶苞初绽的枝头，春天已翩然而至。冬已在瞳孔里完全散去，秋和夏却还在回忆里。

常常想，没有哪一个街路没有人来人往，没有哪一个四季没有人来人往。俗世悲喜的故事在人来人往里发生。

可当屈夫子沿着汨罗江愤而高唱"乘骐骥以驰骋兮，来吾道夫先路。路漫漫其修远兮，吾将上下而求索"时，我相信他的世界没有人来人往，郢都街路的喧哗只能衬托他孤寂的内心。当五柳先生在秋日的暖阳中"采菊东篱下，悠然见南山"时，我相信他的世界只是暖暖远人村的依依墟里烟，"狗吠深巷中，鸡鸣桑树颠"，而不是人来人往。

人来人往是喧闹的，与宁静相悖的。万事万物，过犹不及，喧闹过后，是否内心便求一方宁静？大隐隐于市，"结庐在人境，而无车马喧"是需要境界的。

我们的时间都去哪儿了，倏然自问，突然惊觉原来都给了人来人往的喧闹。

有月亮的晚上，我不拉窗帘，看见玉盘一样的月亮挂在天上，淡淡的清辉泄在床前，心绪美到哀伤，清丽的句子流淌在心里，"故乡的歌是一只清远的笛，总在有月亮的晚上响起……"童年的那些回忆，走过的那些路，悲喜交集的人生，突然都变得美丽而透明，思绪像一只水晶的蝶，在月光里飞舞。世间不争名与利，俱皆美好，人来人往，又何妨让心灵独行？

冬月里利用假期去最北边的漠河，那里有安静的夜，安静的街路，洁白的天地。世界变得从容安然。关掉手机，没了互联网，我并没有寂寞的要死，读着书，记着随性的笔记，靠着房东家烧的滚热的火墙吃着冒热气的烤土豆，原来不放调料的土豆是这般好吃的味道。土豆最本真的香。夜晚你能听见雪在枝头掉落的声音。有太阳的时候天又高又蓝，我睡得像返璞归真的孩童。

假期结束，我回到公司，看见无数个未接电话，可是我不在公司，也不接电话，公司的天也没塌下来。

乾隆皇帝下江南，看见远远的一艘大船在江中划过，他指着船问旁边站着的纪晓岚"纪爱卿，你说那船上有多少人？"纪晓岚忙叩头答道"回皇上，那船上有两个人。"乾隆嗯了一声问道"何以见得？"纪晓岚从容不迫的回道"一个为利来，一个为利往，古今两人。"乾隆深以为然。人来人往皆为利，这是自古有之，通达世事经济是生存之本，吃穿住行，妻儿老小，哪一样不要钱呢？规避世事，远离物质，世间有条件做到的没几人。弘一大师也许算一个。爱情与富贵皆达圆满，世间唯佛法可依了吧。俗世凡人却要在红尘世界人来人往中求一席之地。

但纵使世界是永不停摆的钟，我们还可以选择小憩。长途跋涉走上某个暂停的小站，看一看漫天的星光，吹一吹夜晚幽静的风，或者就赏一赏人来人往世间百态，换了的角度，升了的高度，余下的旅程定有不一样的风景。纵使东邻的影壁，西邻的竹，无壁无竹的你依然可以看见月夜最美的竹影。

"竹杖芒鞋轻胜马，一蓑烟雨任平生。"人来人往，忘一会名利吧，何妨踏一程丝路花雨，给生命一点从容。

我们曾是梅莉达公主

　　早晨的床是最舒适迷人的，我无限畅快的享受着一个美梦，门当当响起来，我知道肯定是妈叫我起床，我继续闭着眼睛，在梦里遨游，当当当，敲门声很执着，我睁开眼又闭上眼，当当当，"烦死了"，我声嘶力竭的喊，一只枕头飞到门上去，"快起来，大宝，要迟到了。"母亲在门外低低地说。看看闹钟六点整，我爬起来，打开门，母亲照例站在门口，我一脚踢飞了门口的枕头。刷牙洗漱完毕坐在餐桌旁，红米粥，水煮蛋，小菜，酸萝卜，还有大油饼，我用筷子拨了几口粥，放下筷子，母亲追到门口，"怎么就吃这么点？快把棉袄穿上！"那件大红的棉袄搭在肩上，我一抖肩，棉袄落在地上，母亲抓着棉袄追出来，我几步跑下楼，哐当一声把单元门关上，门外春寒料峭的小风嗖嗖穿过我单薄的夹袄，穿透我身体，可是我也不想穿母亲给我的棉袄。我就是不想穿，即使冷的我在寒风里奔跑，我不想母亲件件事情都要管我。

　　我蹲在椅子上写作业，我就喜欢这样，母亲洗一个苹果给我放在桌上，"快下来，"她厉声说道，"快坐好，女孩子家家的。"虽然不情愿，可是她真急了，我是害怕的，我坐下来。等她出去，我砰一声关上门，门外传来母亲隐约的叹息声，女孩子家家，我撇撇嘴，女孩子怎么了，什么站有站相，坐有坐相，妈妈就差没说笑不露齿，三从四德了。有一天竟然把什么窈窕淑女君子好逑都搬出来了。

有一天下雨，母亲竟拿那把家里的旧油伞去接我，是存心叫我在同学中丢脸吗，何况母亲还披着那件破旧的大长衫，像电影厂的道具似的，我气的冒雨一口气跑回家，生怕被更多同学看见，虽然因此感冒了好几天，可是我坚信下次遇到这种情况我还会这么做。

时间飞跑我长大了，上大学，毕业上班，离开家，经济独立，离开母亲那无形的怀抱，面对母亲含泪给我收拾行李，我假意惺惺的安慰母亲，一边心里竟有小窃喜。

上班一月，我加班到半夜，打车回家竟遇无良的出租车司机调戏，万分恐惧的奔回公寓，饥肠辘辘，却发现厨房空空如也。我又气又饿的躺到床上去，突然很想给母亲打电话。可是没打，很晚了，也不想母亲担心，但眼泪流下来，我问自己，当初离家的小窃喜呢？

我想起曾经看过的一个电影《丛林大冒险》里面的女主梅莉达公主，她为了追求自由的生活，并不理解和接受作为王后的母亲对她命运的安排，为了改变母亲她求助女巫，竟把母亲变成了一头母熊，即使是这样，母亲也没有放弃对她的关爱，在另一个坏的国王魔度变成凶残的野熊时，梅莉达的母亲拼死保卫了她，最终母女和解，王国也得到了拯救。

我们似乎总是在成长的回眸中照见自己的天真和少年的不懂世故，母亲总是关心则乱，她们希望把一切能拿出来的都拿给你，精力，耐力，包括各种为你而承受的伤害，在她们的心中，你一直是她们骄傲的公主，她们永不会放弃的就是对你的爱。母爱像一支常青的藤，不求回报的攀援你四季的窗口，不能遮风挡雨的时候，便长久的遥望与祝福。她永远为你敞开怀抱。但是就连"常回家看看"这种小小的要求，她们也不会轻易说出口。

　　大家都在问时间去哪儿了，我知道母亲的大部分时间都去哪儿了，可是我给她的时间却寥寥无几，在这还可供挥霍的时间里，分一点给母亲，也许才是最好的价值和意义。

夏日，醋芬芳

尴尬的麦卷

"楚瑶，我的桌椅没拿回来。"麦卷站在楚瑶身后，像一只猫咪轻喵。"楚瑶……"

昨天会考，大家的桌椅抬到五楼实验室，早晨抬回时，麦卷迟到，晨读开始，她急匆匆跑进来，此刻像被剥了鳞片的鱼。偏偏掌管钥匙的楚瑶在凌乱的书声中，不肯抬起尊贵的头。

麦卷似乎要哭出来……楚瑶旁边的武佳站了起来，不就是麦卷校服有油点，身上有酸味，有时还迟到吗？可是每次她都跑得气喘吁吁，说明她不是故意的，身上有酸味，也许……武佳也说不清楚，为什么麦卷走过时身上淡淡的酸味会飘过来。但总之，他不喜欢看见有人被欺负。

说也奇怪，武佳刚刚站起，楚瑶马上从临时失聪转好，他扔出钥匙，不快的说："怎么不早点来……"

不知卡布奇诺的麦卷

麦卷很少有这样的机会，放学跟大家一起走，每次大家叽叽喳喳涌出教室时，她都孤单的像个小尾巴，悄悄走在后面。今天班主任徐老师安排她和同学打扫合班教室，于是几个人一起走出来。杜美说，知道吧，假期要重播《花千骨》，霍建华太帅了。刘丹说，我还是喜欢张丹峰。

两人正争论不休，邵琪说，松林街开了一家冷饮店，我们去喝卡布奇诺吧。好啊好啊，燥热的天气使邵琪的提议得到一致同意。她扭头问一直沉默的麦卷，"你去吗？"麦卷摇摇头，瞪大眼睛，挤出几个字，"我不去。"邵琪皱起眉："那么紧张干吗，又没谁逼你去。"刘丹说："好孩子都不去那样的地方，是不？咱们以后得向麦卷同学学习。"杜美说："说她不知道卡布奇诺是什么，我绝对信，她是因为这个紧张吧。"戏谑的眼神飘来，麦卷习惯性地低下头，慢下脚步，麦卷旁边的苏莎说，"你们少说一句。"她搂搂麦卷的肩，"我们先走了。"

O 型血的麦卷

期中考试前一天，教室里的气氛像外面炎热的天气，脑细胞咔嚓明灭，教室后面突然传来"妈呀！"一声，循声望去，只见孙媛正惊慌失措的站在座位旁喊叫："陆建，陆建，你怎么了？"大家围过去，只见陆建半躺在地下，双眼紧闭，教室炸了锅，胆大的掐人中，有人去喊老师，徐老师跑来，赶紧打了120。

陆建被送进医院后，大家议论纷纷，徐老师又跑来，她说："谁是AB 型血，医院血库告急，陆建同学急需 AB 型血。"教室里气氛凝滞，落针可闻，一个颤抖抖的声音传来："老师，我，我是 O 型血。万能血缘。"随着话音，瘦小的麦卷站了起来。

开心的麦卷

期中考试后，徐老师带同学去麦卷家探视，那是一家小小凉皮店，几年前麦卷的爸爸妈妈都下岗，为了生计，在自家一楼的房子开了一家凉皮店，店小利薄，麦卷放学后要兼做端盘洗碗的工作。

同学来时，麦卷躺在厨房夹隔出来的一个小房间里，见到大家，惊愕的张大嘴巴，苍白的脸上浮出两朵红云。徐老师握住她纤细的手臂："你们不知麦卷那天有多勇敢，自己都要晕了，抽了那么多血，还叫医生别停……"徐老师看着虚弱的麦卷，红着眼圈，说不下去。

大家围拢来，喂她吃水果，没人觉得醋味难闻，都对麦妈妈端来的凉皮交口称赞，这醋味真的很芬芳啊，麦卷的脸上绽出开心笑容，像六月明媚的天。

彩色玉米的心

那天去幼儿园帮朋友接小孩，因为来得早，孩子们还没下课，围着桌子在画画，老师大概是要求大家画一穗玉米，孩子们低头忙碌着。我站在桌边悄悄的看，纸上画着的玉米有的开满了花，有的玉米粒带着嫩绿的芽，像长满了豆芽菜，有的把玉米粒画成了一个个肥嘟嘟的小虫子，这张呢，干脆是玉米上长满了五色斑斓的珍珠，看这些彩色的，充满了想象与童真梦幻的玉米图，一股温暖，感动，又带着点失落的情感冲撞我的胸腔，这种复杂的情绪使我的眼泪差点就流下来。

我们走出来有多久，有多远了，再也走不回可以画出这彩色玉米的心境，再也走不回喜欢画彩色玉米的时光。

我想起一件事，前一阵子重阳节回家祭祖，家族好几十号人，男男女女，老老少少，五六个孩子抢坐墓园外休息的石凳，一个三四岁的小男孩被甩在了外面，抽着鼻子吧嗒吧嗒掉眼泪，五岁的小侄女站起来，对旁边大一点那个孩子说："棒棒糖，你往旁边挤一挤。"她拉起男孩的手让他坐在自己的旁边，几个孩子沐在浅秋的阳光里，说着吃食，说着趣事。旁边一个人却偷偷的眼圈红了，那是男孩的妈妈，男孩的爸爸曾经年轻有为，身居高位，却一朝落马，已被拘捕一年有余。曾经是家族的榜样，长辈的红人，身前身后围满了人，老婆孩子也都金贵，如今回家祭祖老婆孤单一人无人理，孩子们也许无心的，也许大一点的听了家长的闲言，竟也被小小边缘化了。

侄女不会知道她小小的举动给一个孩子带来的那缕阳光，也不会知道一个母亲此刻铭记终生的感动。这便是人们所说的世事，在世事里的大人知道谨言慎行，知道不是所有微笑都是善意的。而孩子们的内心就像此刻的阳光，明亮和熙。

记得小时候有一个夏夜在外面乘凉，邻居家的男孩倚在母亲怀里吃一块蛋糕，可是他家来的一个亲戚，那个女孩子跟男孩差不多一边大，在一旁眼巴巴地看，也许是女孩渴望的目光驱使，我竟走过去，拿过男孩的蛋糕给女孩子掰了一半，看女孩子吃，我很开心。可是纳凉的人散回到家里，我被妈妈狠狠剋了一顿，妈妈说："莫不是你馋吗？"这一句话把我说哭了，我的自尊异常强烈的，妈妈竟说我馋别的孩子的吃食，这怎么可能，我只是想，那个女孩子那么想吃，男孩子为什么不分给她一些呢？

于是我就做了这件事。我一边哭一边说："我没有馋东西，我只是想给那个女孩子吃。"妈妈等我哭够了说："慢慢你就知道了，这世上的事儿不是你想怎么样，就可以怎么样，你这么做，别人都会认为是你馋了人家的东西。"所以以后我坚决的改了，该说话的时候我想，人家明白我说话的初衷吗？还是别说了，该做的事儿，我想，人家会怎么看？还是别做了，多一事儿不如少一事，别给自己找麻烦了，人家都夸我稳重。可是我一直烦恼着不能说想说的话，不能做想做的事儿。看见一朵花开，我悄悄的开心，怕自己的惊喜会被人看成白痴。听说不幸的事儿，我偷偷感喟，怕轻易流泪被认为做作。我像墙角的卵石，既不美丽也没味道，浑身上下充满了厌倦。

世界没把我融化成可以长出花的土，我也没把世界装点得更斑斓。

此刻，我便很想大声哭一场，然后回到那个给小朋友分食蛋糕的夏夜，我会一直成全自己的悲悯之心，让它就那样晶莹透明下去，像暗夜里的萤火，我也想回到那个画彩玉米的课堂，我就那样的画，我为纯真而任性，管什么真实的玉米呢？我心里的玉米就那样。

现在我相信一句话，人之初，性本善，如果你已经没了感怀，如果你已经形成了自然的冷漠，浑身的铠甲冰凉坚硬，那是因为你失去了可以画彩玉米的心了，那是哭也哭不回的。

杨树狗儿也有春天

窗外杨树上的杨树狗儿越来越胖，风一吹，它们便噼哩噗噜的往地上掉，咕咕噜噜像肥嘟嘟的虫子满街滚，远远看去犹如马路牙子旁边淌着一条褐色的小河。听到走在旁边的女伴对着吹到鞋子上的杨树狗儿尖叫，愣神的瞬间，事关杨树狗儿的记忆已不由分说涌上脑际……

是那个小女孩，蓝色的纱菱跳动在不听话的马尾上，随着每一步跑跳在后脑勺摇摆。穿着新买的鞋子，咯咯笑着追逐地上滚动的杨树狗儿，看的旁边的小男孩瞪大了讶异的眼睛，女孩都是因为它们像虫子而感到恐惧，躲得远远的吗？……那时的我五六岁，性格两极，安静的时候能自己坐在窗前不声不响呆上几小时，玩性上来，满天满地的跑，鸡飞狗跳不管不顾。

第一次和小强见面就是这样杨树狗儿满街滚的日子。小强是我们前院的小男孩，多年之后我有时会想，是谁给他起了个蟑螂的小号做名字？也许是因为那时乡村消息闭塞，并不知道其实他们对蟑螂侵了权。但每想到这一点，我会哑然失笑。

小强和我时分时合，时好时坏。在插伙玩游戏中，我们有时在一派，有时不在一派。

　　那天是"六一"儿童节，爸爸给我买了一个蓝色蝴蝶结，妈妈帮我扎在马尾辫上，我赶紧跑出院子去嘚瑟。刚好邻居马婶家要建房，门前堆了一大堆沙子，这真令我兴奋，沙堆太好玩，柔软，手啊脚啊深入沙子里的那种感觉特殊的痛快。沙子扬来扬去也很过瘾，不像土面会迷眼睛。一会就聚了好几个小孩。男孩女孩自动分成两组，玩攻山头。童音稚稚，杀声震天，大家都太过入戏，难免肢体冲突，小南和维维扭在一起，大鲁和小梅发生了推搡，我则被抢山头心切的小强硬拉下沙堆。我抬头看了看两道鼻涕上沾着沙粒，得意洋洋的站在沙堆顶上的小强，真是怒火中烧，手脚并用往沙堆顶上爬，谁知小强早有准备，一下就把我推了下来，我们扭打的时候，毕竟男孩子力气大，我一次次被推下沙堆，最令我抓狂的是他竟把我的蓝蝴蝶结拽掉了，沾了沙子，我气坏了。四处看也没可以借助的力量。夕阳照着沙堆一片亮闪闪，把小强镀的更像一位威武的大将军，这真气人，我恨得直咬牙，一溜小跑往家去，后面小强还在喊："胆小鬼，胆小鬼……"

　　我跑到家去，想找一根棒子之类的东西，一时也找不到，看见刚刚下班的爸爸正在担水浇园子，一根扁担就立靠在矮墙上，我拿起扁担冲出去，小强还在沙堆顶上扭来扭去炫耀，我举着扁担往上冲，小强一看，大概被吓住了，撒腿就往家跑。我在后面追，一边大喊："你不是胆小鬼，你不是胆小鬼！"快追到他家大门口，小强的爸爸却出现了，他叼着一管大烟袋，下面坠着小强妈妈绣的荷包，慢悠悠的说："谁是胆小鬼啊！"我指着院子里斜身在门后探出半个头来的小强说："他是胆小鬼！"小强爸爸哈哈大笑，旱烟喷的到处都是："你这是小小花木兰呢！"我不答话，吩吩儿喘气，这时爸爸寻扁担到这里，他抢过我的扁担，说："这丫头越来越疯了。"小强爸说："嗯，别小看，可是个花木兰呢！"他和爸爸哈

051

哈笑，我气得一溜烟跑回家去。

那天晚上我生气，不吃饭，天都黑了，我还坐在小菜园的台阶上。星月满天，初夏的夜风有点凉，吹过我，又吹得园中的玉米叶沙沙响，还有不知名的小虫朦朦胧胧的叫。我浮想联翩，眼皮却渐渐睁不开……

再醒来，我就不再去找小强了，还去沙堆玩，可是我想起蓝色蝴蝶结，我就不搭理小强，他蹲在一边，抽着鼻涕，嘟着嘴巴，自己玩沙子。不知为什么，多年后竟然能想起那个情形，自己也哑然失笑。

一起奔跑的爱

我被又一波疼痛咬醒，此时正是凌晨时分，疼痛自脊髓像潮水一样慢慢涌向全身，我咬紧牙，一动不能动，压下焦灼，任疼痛蔓延。病房里是沉静的呼吸，大家都在睡中，我牙齿打架的声音自齿缝透出，格外分明。窗外是混沌的夜色，月影映着窗台沉默的绿萝，我想象那方月亮，可是痛楚是恶魔，它绞碎我脑海中月亮的影子。

2013 年是我生命历程的一次巨大考验，我因病脊柱做了大型手术，身体和精神承受前所未有的考验，在医院里一度想过自杀，甚至医生用那种有麻醉作用的粉色药丸来帮我抵抗痛苦。

躺到病床上，我最惦念自己的女儿，她只有 9 岁，上三年级。我不知道习惯与我在一起的她离开我该怎样过活。

那天，我因心情郁郁，不想吃饭，老公偷偷给女儿发信息，不一会女儿就给我打来了电话。

她说："妈妈你猜我在干什么？"我说："你在干嘛？"，她说："我在制定一个计划，一个锻炼计划。"女儿的身体一向柔弱，这是我最担心的，以前我总催促她加强锻炼，可是她老撒娇，这个想法一直没推行下去，如今她要制定锻炼计划？我不禁疑惑的问："你真的要制定一个计划锻炼身体？"女儿清脆的声音从话筒另一端传来："是啊，我听爸爸讲了妈妈在医院里非常坚强，我可不想被老妈落得太远，我决定了，明天就开始锻炼计划，早晨要晨跑，晚饭后也要锻炼，等你们回来我一定已经非常强壮了。"

听着女儿欢快的声音，想到她小小年纪，只能由保姆照顾，一定有许多的不便，离开母亲的孩子都是可怜的，可是她从来不说，心里一酸，眼泪流了下来，都怪自己得病连累了老公和女儿……老公见我流泪，以为女儿说了什么我不开心的话，急忙要拿话筒，我摆手，告诉他，女儿乖着呢，可能听见我哽咽的声音，女儿说："妈妈一定是不相信我做得到吧，这样吧，为了互相鼓励和监督，明天开始，我们一起锻炼。"我强忍住眼泪，说道："妈妈现在还不能下床，而且相隔这么远，怎么一起锻炼呢？""妈妈不是找借口偷懒吧？"电话那头传来女儿咯咯的笑声，"爸爸说了，你现在腿可以动，每天你可以在床上蹬腿模拟跑步吗？但是你认输，我会原谅你的哦？你选择一下吧。"我不禁被女儿这小小激将法逗乐了，"我怎么会认输，认输还是你妈妈吗？好吧，我接受你挑战，明天和你一起锻炼。""太好了"，电话那头传来女儿鼓掌的声音，"那我们拉钩吧，拉钩上吊，一百年不反悔，谁不坚持谁学小狗叫。"我也高兴的说："好，拉钩，谁认输谁学小狗叫。"我们隔空拉了勾，老公为我们做了见证人，女儿说："既然明天要开始锻炼计划了，作为尊重对手的一种展现，我要提醒你，一定要好好吃饭哦，否则明天没力气。"我莞尔一笑，这个鬼丫头呀，原来埋伏在这呢。

对于锻炼这件事，我以为孩子不过找个让我好好吃饭的借口，没想到第二天天刚亮，她就打来电话，她说："我的对手，我已经起床在做准备，你准备好了吗？"随即她还用微博传了一张她弯腰穿那双粉色运动鞋的照片，我也被她带动的兴奋起来，老公帮我穿上袜子，把宽大的病号服的裤腿掖进袜子里，也传了照片给她，女儿说："妈妈真酷，连病号服都能穿出气质。"这孩子，什么时候变得这么会说话了，我发了一个憨笑的表情过去。

女儿那边一开跑，我这边也把腿在空中蹬踹，模拟跑步的样子，因为长期卧床，加之大手术，我的身体很虚弱，不一会就流下汗来，女儿给我打来电话，她的呼吸也很急促，看样子也快到体力极限了，她边跑步还边用不连贯的语句跟我汇报所见所闻，她说："妈，今天咱们这儿的天气可好呢，天蓝得跟缎子似的，天边还有一朵白云，美死了，我还看见一只小鸟，也许是麻雀，在柳树枝上叫，柳树的叶子都很浓绿了，你走的时候咱小区的柳树叶刚长出来吧。"然后，她又发了一张照片给我看，欣赏着照片，说着话，不知不觉预定的四十分钟就达标了，尽管大汗淋漓，可是我非常开心，女儿也说，锻炼之后，走路脚底下都变轻了，真有飘飘欲仙的感觉，女儿说："轻功是不是就这样炼成的？等你们回来，我说不定练成飞檐走壁的绝世武功了。"

女儿的话把我和老公逗得哈哈大笑。从那以后，女儿早晚必喊我锻炼，她不停的换锻炼地点，每天都有新景色，新话题，风雨无阻，在病床上的日子，每天的锻炼时间成了我最大的盼望，它使我在疼痛面前也无所畏惧，因为我还在满心期待与女儿一起奔跑。

我们在微博上的互动，也引来了围观，大家知道了我们的故事后，都很感动，因此许多人也加入了这个跑步的圈子，每天的清晨和黄昏，大家都边跑步，边在微博分享自己的心得，非常热闹，非常开心，女儿不但是个开心果，还是个智多星，谁有什么疑问还会问问她，她无形中成了这个小圈子的组织者，她只有九岁，做到这些，令我万万没想到，也令我万分惊喜与感动，我常常想，虽然上帝使我的身体承受了巨大的痛苦，可是女儿的懂事与关爱却使我感到了无比的幸福，这何尝不是一种命运的补偿呢？

由于我坚持锻炼，心情也愉快，所以恢复得非常好，主治医师很惊奇，我讲起缘由，他让全病区的病友跟我取经，正巧那时一个刚刚手术完的小女孩，只有十二岁，因为疼痛，整夜哭闹，不吃东西，她的妈妈找到我，我请她加入我和女儿的跑步圈子，渐渐的她也融入其中，每天在床上和我们一起跑步，因为大家的鼓励，她心情开朗起来，恢复得也很快，再也不耍闹父母了。

如今我已经出院很久了，不过我和女儿的拉钩协定依然有效，我们的跑步不再是天各一方，一个床上，一个地上，而是肩并肩，一起看朝阳，一起数星星，这样的时光如此的快乐，在这样的时光里，我们感到了彼此的无可替代.

如果人生是一场旅行，我们会在爱里一起奔跑。

伊小米的秘密

伊小米真想在上课的铃声前抢一刻小小的瞌睡，可是后座商飞的吼叫又适时的在耳边响起："猪，交作业了！"在伊小米还在恍惚之间，那根讨厌的手指已戳在左肩胛骨，伊小米一激灵爬起来……原来是一个梦，伊小米摸了摸左肩，似乎昨天商飞戳过的手指还停留在那里。哎，黑暗里伊小米悄悄叹了口气，一骨碌躺下去，没有太多时间去细品其中意味，伊小米需要的，是抓紧瞌睡。

麻烦的伊小米

每天教室里最热闹的一刻，就是清晨的交作业，简直是校园版浮世绘，抄作业的，抢本子的，起哄的，借机"暗送秋波"，甚至"称兄道弟"的，大家的兴奋细胞在这一刻得到发酵，吵吵嚷嚷的像场章鱼舞会。"交作业。"商飞捧着一摞作业本在伊小米的桌子上磕了磕，话音冷的像北方的冬雨，脆凉凉砸过来，伊小米低下头在书包里翻着，明明记得装好了的，一遍，又一遍，没有，鼻子尖的汗悄悄的渗出来，伊小米猛然想起自己正在收拾作业本时，听见妈妈剧烈的咳嗽，于是她赶紧去找药……那时便把本子忘在了桌子上。她抬起头看着商飞，商飞皱着的眉，此刻拧得更深了，他不耐烦的扫过伊小米绝望的眼神，端着作业走开，小声嘀咕着："真是麻烦……"

被罚的伊小米

声音在远离，世界在变的模糊和安静，伊小米知道自己又要瞌睡，她使劲眨了眨眼睛，第三次眨眼无效后，她一头扑在了课桌上，一个甜美的梦还没有来得及抓住，"伊小米！"化学老师的一声怒吼惊天动地，伊小米瞪大的眼前是一张女格格巫的脸……商飞的眼睛向窗外看去，看见暗红色塑胶跑道那小小的身影，操场那么大，那伶仃的身影仿佛永远也跑不完，可是她倔强的微弓着身子，就像她一直坐在自己前座的样子，奋力的向前扔着细瘦的两腿……跑过篮筐，跑过了大柳树，绕这操场跑六圈，化学老师未免有点太过，即使伊小米忘了带作业，即使她上课打了瞌睡，商飞暗暗的想，女孩跑过窗前的桐花树，细碎的阳光透过细碎的桐花，照在略带苍白的脸上，她似乎犹豫了一下，仰起头，好像在闻桐花香，微眯的眼中透出幽深的忧郁和温柔，那一刻，雪白娇俏的桐花一下击中了少年的心，世界瞬间冻凝。

你不会说谢谢吗

"小心！"商飞一把扯住伊小米的后衣领，一辆闯红灯的车子擦衣而过，"是绿灯。"女孩子抻了抻衣角，头也没回的说，"你！……"少年有些气咽，"你有没有礼貌啊，是我救了你，你连谢谢也不要说吗？"商飞冲着伊小米的背影喊着，女孩已经走过斑马线，晚风摇动她蓝色短裙，身影瘦弱却坚定。

奇怪的汉堡

中午同学们都吃校饭的时候，伊小米照例打开她的便当盒，她是班上唯一自带便当的学生，白米饭，一个青菜，今早妈妈切了两片火腿，伊小米刚刚在摆满书的课桌上排布好，木槿和赵晓月又在抢最新版的漫画书，只听哗啦一声，不知是谁撞到了伊小米的桌子，饭盒和装香肠的盒盖连同一摞书狼狈撒落，一片狼藉，木槿和赵晓月互相指责着，伊小米蹲在地上，把盒盖上幸存的那片香肠扔进嘴里，清理书，打扫地上的残米饭。学习不出彩，家境不好的女孩子已经习惯了同学的漠视和自己的一声不响，"木槿，赵晓月！"她听见了商飞的吼声，其实商飞也蛮可爱的，如果他不那么一副傲视群雄的样子，如果他不是家里太有钱，浑身的耐克，满把的限量版漫画书。

只是出去看看桐花的功夫，第二节课伊小米在书桌里摸到了热乎乎的汉堡，火腿奶油和面香先冲进鼻子，再刺激空空的塞满渴求的胃，口水便不期而至，可是此刻心中的狐疑大过了汉堡的诱惑，是谁买了汉堡？伊小米回忆着自己为数不多的几个朋友，可是运用很简单的排除法，就可以了，这是个价格不菲的汉堡，校门口有名的德令斐。难道是他？伊小米想起第一堂课商飞迟到被老师诘问，红着脸的样子，他当时似乎怪怪的背着手，其实大家都看到了商飞藏在背后的汉堡，只是伊小米已经习惯了不去关注后座的这个家伙。她可不想像班里其他的女孩子，伊小米从不做灰姑娘变白雪公主的梦，有钱的孩子都是额前叶天生不全，满脑子怪想法，她只想安安静静读好书，实现最大梦想，那就是考上一高中。

伊小米不会当着大家的面退给商飞汉堡，但也绝不会大快朵颐，于是结局便是汉堡被带回了家，妈妈说只是同学的好意，那就吃掉吧，看样子不错，丢掉浪费。伊小米同意，因为她长这么大只是在广告牌上看见汉堡。当细细奶油的甜腻带着一种说不清的忧伤滑进胃里，融入身体。伊小米觉得日子有了些不同。

商飞很想问问伊小米汉堡的滋味，他很希望见到伊小米笑着说很好吃，可是这个女孩子好像天生笑细胞发育不全，她总是柔弱而独立，像一棵倔强伶仃的灯芯草，在角落里沉默寡言。她的笑像细碎的米兰或者烂漫的樱花，又或者就像窗外的桐花安静雪白？商飞做题的间隙会看着她细瘦的背影发呆，纤细的颈项，散乱的马尾……她在想什么？

石破天惊的发现

暑假总是盼了很久才来，但日子又自由而寂寞，尤其是心里装着一个牵念却无法表达的时候，寂寞就越发明显。那天商飞赶早班机去南丫岛消暑时，突然看见一高门口桐花树下伶仃的身影，他忙喊司机老张停车，那个的确是伊小米，她拄着一个快有她高的大扫帚望着院内的桐花树出神，伊小米三个字已到嘴边却生生憋了回去，因为此刻的伊小米正哈下腰清扫路边的垃圾，他突然明白了伊小米的瞌睡，这是一个任何女孩都避讳的秘密。他拉上车窗吩咐开车，可是一个主意已在心里打定。

伊小米的确有很多秘密，比如她住在二栋巷，那个谁都知道的棚户区，比如她爸爸一年前和别的女人跑掉了，只留下了她和多病的妈妈，青春期成长的少女没了父亲的庇护，而且以这种难于启齿的方式，比如她每天都要在天亮之前帮妈妈扫完这条大街，然后回家帮妈妈做饭再去上学，月亮在窄窄的巷弄里，照得稀疏的石板路冷沁沁，伊小米看见星星在黎明前灰暗的天边闪烁。可是她没看见少年关注的眼睛，也没看见昏暗路灯下少年用力挥舞的扫帚，她只是莫名为什么街道变得如此干净，就像有人扫过了一样。

伊小米的新秘密

明天就要中考了，伊小米照例在一高的校门口停下来，雪白的桐花静静开放，"伊小米！"突如其来的呼唤令伊小米措手不及，芬芳的桐花树下，少年挂着扫帚站在金色的晨光里，"商飞？"伊小米的惊讶不亚于发现外星人，但一瞬间她又什么都明白了，"伊小米"，商飞走过来，伸出手，"九月，我在这棵桐花树下等你。"

这是一个带着桐花香的诺言，伊小米的新秘密。

阅读在时光深处

　　我的第一本书，确切的说，不是书，它贴在墙上，我谓之"墙书"。每年新年，爸爸会在单位拿回旧报纸糊墙，这就是我的墙书。新墙书一糊，我忙得不得了，从东墙看到西墙，从低处看到高处，看不着的地方，就站在炕上踩个小板凳。脖子酸的不行时，扭头看看窗外，窗外正柳绿花红，燕子叽喳，清风吹过木窗棂，再想想"墙书"上看到的新奇事儿，真比三伏天喝了一杯甜甜的冰镇水还畅快。

　　人生第一本真正意义上的书是我哥哥用第一份薪水买给我的。那时镇子还没有书店，只有百货商店一角的木头架上，摆着十几本书，即使这样也令我每次走过时"馋涎欲滴"。那天哥哥问我要哪本，我一下就指着那本《一只红辣椒》。因为我一直好奇这本封皮画着红辣椒的书，讲的是什么？哥哥喊来售货员阿姨，交了钱，阿姨举起方印，"咔嚓"在书后按了一个大红印，于是，我便拥有了人生的第一本书。迫不及待翻开，看着全国各地的小朋友在这本书里诉说着自己的故事，我爱不释手。哥哥搂着我的肩，我边走边看，看到精彩处，就停下脚步，咯咯笑起来，百货商店离家不到一公里，我足足走了半个小时。到家后，晚饭也不吃，坐在门槛上一直看到最后一页，用手捻一捻封底，看着周围渐黑的天色，心想，怎么不厚点呢。记得在书中学了一句话用在作文里，"太阳公公露出了笑脸……"老师在下面画了红线，眉评曰："生动。"这也许是一个孩子执着文字的起源。

还有一本书在少年时代影响深远。母亲去世早，家中哥姐担心我走不出幼年失母的阴影，哥哥给我买了一本书，名字叫《雁翅下的星光》，里面讲了一只失去母雁护佑的小雁，历经磨难，最终到达温暖的南方，赢得雁群接纳的故事。半夜惊醒，我常在被窝里流着泪偷偷看，正是这本书，驱散了年幼失怙的孤单和恐惧，那只小雁的故事也鼓励我勇敢面对风雨。

大多数人上大学，是为了更好的前途，我却一大部分是为了倾慕大学里的图书馆。刚一拿到借书卡，我赶紧就往图书馆跑，只见那高的直抵房顶的书架，那迷宫一样一堵堵的书架墙，我恨不得自己变成一个巨人，给它们来个全体拥抱。手抚过那些硬硬的书眉，带着"恐惊天上人"的敬仰，觉得再没有比这更美好。我成了图书控，每个找我的人得到的回答一定是"去图书馆！"有一次学习太累，我在图书馆的书架间睡着了。半夜醒来，壁灯昏黄，月光从很高的窗户射进来，那些书安静的站在书架上，沐在月光里，像一排排等待出征的勇士，心里深深震动。很多名著如《战争与和平》《飘》《傲慢与偏见》《简爱》，还有我最爱看的《平凡的世界》，都是那时得以阅读。常恨自己只长了一个脑袋，一双眼睛，如果有备份就好了，可以同时看两本书。

那期间读到一本叫《基督不到的地方》的书，小小的薄册子，白封皮，树丛间欧式教堂的一角掩映在树丛间，作者竟然忘记了，却清楚记得内容。讲中世纪一个传教士家庭的没落贵族青年，在艰苦的流放旅程中对于书的渴望。里面的许多场景，"雨后，他跑到流放地的村子外，在一个大土坑里，躺在那些黄色的泥土上，看夕阳一点点落下去，听着风掠过身边的野草，有时也看见一两朵百合，在雨后的夕阳里孤单绽放……"那种无书可读的苦闷，一下激起我内心的共鸣。遗憾的是，毕业后我屡次逛书店，都没买到这本书。

许多人读书为了长知识，或者为了专业目的，我略有些不同，读书是我的一种生活方式，只要有一点时间，那么一卷在手是首选。我很喜欢"厦大时光"书店的座右铭"我们是时光的不可知者，从已被书写的剑指前方到即将开始历险的笔端深处，从沉默的阅读至现实，从这里到那里。如我们所未知，一切关于时光的探索将复被纳入时光中。"青春会消逝，阅读却可以使我们不老。

只管种花

　　从前父母亲受运动所累，被困乡下，我的一个姐姐就嫁给了当地一农家，姐丈虽谈不上才华品味，但也为人憨诚，勤恳，姐姐知书识礼，两人也算相敬如宾，只是姐的婆婆有些令人难以招架，乡下话讲"事儿多。"姐姐每天手脚不闲，干完地里干家里，她还嫌做的慢，整天磨磨叨叨。我们去了，她给我们讲谁谁家媳妇一担能担 200 斤，我们听的皱眉，姐姐却只是微笑不语，添茶倒汤，对婆婆的话似乎充耳不闻，依旧恭敬有加。

　　姐姐生小孩，妈妈去她家看她，姐的婆婆又说谁谁家媳妇生了孩子 20 天就下地做活，奶水孩子都吃不了，面对产后虚弱的姐姐，想到当年特殊情况造就的婚姻，妈妈暗暗红了眼圈，姐姐却拉住妈妈的手，轻轻抚着，云淡风轻的转换话题，有时我们未免为姐姐抱屈，她独自回来，我们便对她婆婆有些微词，姐只笑着说："地球都不是圆的，世间哪有完全圆满的事儿，谁都能令别人满意呢？我只做好我自己就好。"

　　一日与闺蜜喝茶，刚用半盏，电话铃响，闺蜜看了看，按掉了，我说："你如果忙，不用陪我。"她笑了："没关系，我的老板。"我瞪大眼睛，"老板电话，还没关系？"她指了指茶社墙上的表："现在是下班时间。"我惊讶的问："你不怕被炒鱿鱼啊！""员工下班时间都想占用的老板，炒就炒吧，反正我已经做好了我该做的工作。"闺蜜笑着说。

姐姐没有大富大贵，可是家道小康，日子幸福祥和，她的婆婆临终时拉着姐的手跟病榻前几个子女说："我就找了这么个好儿媳，这是我的福分啊。"

闺蜜也是，没见老板炒她，还一路加薪，仿佛怕她反炒了公司的鱿鱼似的。

她们总让我想起一个人，《乱世佳人》中的媚兰，当南北战争结束，南部满目疮痍，生活一片混乱，媚兰努力在橡树园中劳作，她平静的对惊慌失措的人们说："我们只要努力做好我们自己，其余大胆的交给上帝，鸟儿从不曾播种，可是上帝依然许它们在天空快乐的翱翔。"

做好我们自己，这需要怎样淡定的睿智和勇气，这样的女人，世界永远是她们触摸得到的眼前的日子。总觉得这种淡定有些女人天性如此，可是更多人是后天经历了人生的波浪，阅尽千帆而后知沧桑。在苦难的顶端，她们已磨练了过人的胆识，所有的困难不过是一览众山小，心如海般宽阔的时候，还有什么不能包容呢。她们很少寻求生活之外的生活方式。"当没有条件去想缺少什么，她们更多的想一想凭现有的东西你能做什么。"浅薄才会认为这是脆弱的水雾，智者才能看出她们是坚韧的珍珠。波澜壮阔的日子，她们的"做好自己"会稳了一家老小的心，平淡的琐碎中，她们的"做好自己"会防止日子被温水煮蛙。

走在乡间，你总看见一些人家的篱笆旁，土台上，盛开着新鲜的喇叭花，茂盛的小雏菊。小区里抬起头，一些阳台上突然入眼的绿或者一簇鲜艳的月季，都使你心生温暖，这样的家里，肯定有一个温婉的"做好自己"的女人。

烦恼只分大小，无论有无，可是有一些女人，无论怎样的日子，她们都有智慧"做好自己，"然后只管种花，美丽了自己，温暖了家人。

做一个生命里的欣赏者

那时希拉里.克林顿还是一个中学生，在一个春暖花开的中午和父亲去家附近的一座公园散步。父女两人边走边聊，希拉里突然发现了一个老太太，只见她紧裹着一件厚厚的羊绒大衣，脖子上还围着一条毛皮的围巾，那个样子仿佛是在过数九寒冬，和现在温暖的天气很不搭。

年少的希拉里忍不住碰了碰父亲的肩头，用眼神指了指老太太，悄悄对父亲说："爸爸，你看，那个老太太穿的，实在太奇怪，太好笑了。"谁知父亲看了看，却没有迎合希拉里的说法，他沉默了一会，严肃的对希拉里说："希拉里，我觉得你缺少一种本领，一种欣赏别人的本领，这说明你与别人的交往中缺少一种热心和友善。缺乏一种发现美好的能力。"希拉里不服气的说："难道您不觉得老太太穿成那样很奇怪吗？"爸爸说："不，与你的感受恰恰相反，我觉得老太太值得欣赏。她穿着那么厚的衣服，也许是因为她大病初愈。或者因为别的什么原因。尽管如此，她还是那么专注的看着树枝上漂亮的丁香花，甚至凑上去认真的闻了闻。她那么热爱鲜花，热爱春天，热爱大自然，说明她是个热爱生活的热诚的人。我觉得她的样子不但不可笑，她欣赏鲜花的样子还那么的美。"听了父亲的一番话，希拉里认真的观察了一下老太太，的确像父亲说的，老太太满面笑容的仰头看着树上盛开的花朵，有一种从内到外的快乐洋溢在脸上。像怒放的鲜花一样。

父亲领着希拉里走过去，如同一个真正的绅士般，在老太太面前深深的鞠了一躬。然后说道："夫人，您欣赏鲜花的神态实在太美了，您使这里的春天变得更美好了。"听到希拉里父亲的话，老太太似乎有些激动，急忙说道："谢谢，谢谢您！先生。"然后她从包里拿出一小袋饼干递给希拉里并夸赞道，"多么漂亮的小天使啊！……"

渴望得到欣赏，是人的本性，学会真诚的欣赏别人，因为每个人都有值得欣赏的优点和特点。这件事儿给年幼的希拉里留下深刻印象，以致在她成名后的演讲中不止一次的提到一个人学会欣赏的重要。

走在街边，看见一个小男孩在父母的指导下，蹒跚的走到垃圾箱旁把手里的糖果纸费力的扔进去。冬季去商场，当你正要撩起厚重的保暖帘，发现前面的人已经为你撩起。甚至早春里一棵不畏惧严寒的小草，雪地里孩子们欢快的笑声……等等。每一个令你心生温暖的时刻，每一件令你感动的事，每一个令你钦敬的人，都值得我们欣赏，只要你有一颗善于欣赏的心，这种感受无时不在。而在欣赏的那一刻，我们的内心充盈的美好，如春风温柔的拂过心头。

欣赏亦是一种境界，一种感悟。一幅古画，一尊粗瓷，都在懂得的人眼里被视作珍宝，因为懂而欣赏，因为欣赏而体会美好。当你懂得欣赏生命，你的人生旅程将变得美好。当你懂得欣赏世界，世界将在你的眼里变得美好，当你学会真诚的欣赏别人时，你也将得到别人更多的欣赏。因此，努力去做一个生命旅程的欣赏者，你的生命将收获更多的美好和快乐。

第二辑　堂上书

爸爸的面包

现在跟先生到超市去，仍然喜欢在卖面包的柜台前流连，闻香睹色，眼中那抹艳慕是不自觉的流露。先生拉住我的手问："想尝哪一款？"我却摇摇头，眼前的面包可观，可赏，甚至可闻，却不是我心底的味道，我心底的味道，是爸爸的面包。

爸爸的面包，可不是爸爸做的面包，我爸爸对于一切食物唯一的操作，是吃，他是个厨盲。我心底里爸爸的面包，是他买回来的面包。那时候爸爸在距家100多里地的地方上班，交通不便，翻山越岭又过河，他只能每个月回来一次。他回来最盛大的事件，就是会有面包吃。长大了，我常常想象年轻的父亲挎包里装着三五个面包急匆匆走在山路上的样子，会有怎样的心情，必也是急切而幸福。

但是，回到家父亲从未把面包好好给过我们，他要跟孩子们戏耍一番，就像老猫戏鼠。有时他把面包藏在衣柜里，有时他把面包藏在几本书后，但每次，我们都能闻香而至，爆发欢喜的笑声。有一次，爸爸别出心裁，把面包藏在窗前房梁上挂着的柳条篮子里。那个柳条编的小篮子，整年挂在房梁上，是我们家悬挂的储藏间，里面装着一些咸豆腐干，咸鸡蛋，咸鸭蛋，扒好的花生米。比如说舅舅来了，或者爸爸的朋友们来，妈妈拿下几块咸豆腐干，在园子里割一小把韭菜，碧绿橙黄的炒上来，满屋子里飘香。那次呢，爸爸就把面包藏在那个篮子里。在翻找了所有惯常的的地方无果后，姐姐在篮子的缝隙看见了面包的身影。我们一阵欢呼，可马上变得沮丧，因为我们的身高，不用指望那面包伸手可及。

面包近在眼前，无法拿到，愈加的焦急。三个孩子像青蛙一样的站在炕上跳，仍然拿不到，于是在窗台上排排坐，望面包兴叹。然后最高的哥哥站在窗台上伸直手臂，像一根笔直的枝杈伸向篮子，但仍然只差一点点。那只小小的柳条篮，悬挂的储藏室，得意洋洋，嘲笑一般看着我们。最后哥哥说，我们用那只小扒篱够吧，那只小扒篱是大人们用来在玉米垛里勾玉米的，每年的秋收时节，玉米秸秆一垛垛垛起来，里面藏着好多漏下的小玉米，在灶下烧饭时如果发现，用这个小扒篱一勾，玉米棒骨碌碌滚到脚边来。现在它被我们在南墙边找到，要派大用场了。

哥哥举着它，我们都屏声静气，一下，两下，终于，只听"哗啦"一声，篮子一倾，面包滚落在炕上，可是随面包倾泻而下的还有花生米，咸鸭蛋，甚至有一块豆腐干跳到了屋门边。哥哥反应快，他马上光着脚跳到地上，在大灰鸭跑进来偷袭之前开始抢救行动。我和姐姐赶紧帮忙，怀揣着跳兔一样的小心脏，一阵忙乱，东西都收集到了炕上。可是怎么往篮子里放呢？不能坐等爸爸妈妈回来责备我们吧？急中生智，此刻哥哥有了办法，他让我骑哽哽，姐姐捡，我坐在他肩颈做二传手，一会儿豆腐干，咸鸡蛋，花生米就都归了位。我们三个坐在炕上，尤其是哥哥，累的满头汗，看着被冷落的香喷喷的面包，再看看彼此汗水画的花猫脸，禁不住哈哈笑起来。

爸爸的面包从未轻易得到，但那种寻找到的惊喜真是给那香甜的面包增加了无穷的滋味。

人生不断往前走，但也回头看，"怅望西溪水，潺湲奈尔何"，年轮里有许多无法复制的快乐和美好，爸爸的面包，绝对算一种。

爸爸的鞋子

我爷爷一辈子没穿过买的鞋，他到老穿了一双买的黄胶鞋，却是穿给活着的人看的，自己却是再也无缘在尘世行走。

我爸爸不同。他15岁那年，穿着奶奶给做的一双黑棉布鞋偷偷地跟解放家乡的部队跑了。令我奶奶想不到的是，这双辽西普通农家妇女做的一双普通系带的棉布鞋，竟然踩到了异国他乡的土地。爸爸跟着部队，给连队当通讯员，一路就打去了朝鲜战场。这双鞋踩过战火，踏过硝烟，左脚的鞋帮被火烧了一个大窟窿，老爸没舍得扔，一直夹在背囊里，背回了国内。

爸爸和妈妈结婚的时候，爸爸已经是上尉军官，典礼当天，老爸收起了铮亮的大皮鞋，却穿上了那双坏了一个洞的棉布鞋。妈妈心想，真是个奇怪的人，碍于新娘的身份，倒也没好意思细问，可心想，等结完婚我一定把那双鞋给他扔了。那时正是国家困难时期，来参加婚礼的部队首长对爸爸的做法却大加赞扬，说爸爸不忘本，知道节俭。爸爸却只是嘿嘿的乐。晚上无人，妈妈终于把这个问题抛了出来，妈妈说，"老陈同志，难道婚礼穿双旧鞋就是节俭吗？"我爸爸笑着说，"我穿这双旧鞋不是为了表现我节俭，这双鞋是有来历的。"爸爸接下来跟妈妈讲这双鞋是奶奶做的，自己穿了这双鞋跑掉了，毫无音讯，奶奶因为丢了心爱的老儿子，半年时间把眼睛快哭瞎了。参军七年没回过家，等回家，奶奶已做古了。爸爸说，"我穿这双鞋，虽然她老人家看不到新媳妇的样子了，可我希望她知道我娶了这么漂亮能干的媳妇，九泉之下能闭上眼。"听了老爸这番话，妈妈不但没把那双鞋给老爸扔了，反而以比老爸还认真的态度帮老爸收了起来，每到换季，虽然那双鞋再没上脚，却也跟别的正在穿的鞋一样，老妈把它拿出来，仔仔细细拍灰，晒干，收好。

爸爸在部队时，训练就是一双军绿的胶鞋，开会就穿上皮鞋。他对那双皮鞋很有感情，每次穿完都仔细的打油，擦亮，然后装在鞋盒里，放到柜顶上。那个年代，皮鞋意味着一种身份，一般都是公家人才穿皮鞋，起码在我们这个小城镇是这样。所以那双皮鞋装在盒子里，蹲在柜顶上时，就充满一种尊贵和神秘。哥哥就给我讲过一件事儿，那时他还小，有一年冬天，他趁着爸爸没在家，蹬着凳子爬到柜顶上，把爸爸那双大皮鞋拿了下来，把自己的鞋子脱下来，换上了爸爸的大皮鞋，屋里屋外的走，尽管大的太多，皮鞋在冬天又硬又凉，可还是把哥哥兴奋地不得了，又是走正步，又是学样板戏，逗得大家哈哈大笑。正在这时，爸爸回来了，我们几个小的都吓得不敢说话，可是爸爸并没有责骂哥哥，他抱起哥哥，摸了摸他冻得通红的小脚丫说，"快脱下来吧，再有一会你这小脚丫就冻掉了。"看见爸爸没有生气，我们这才又开心地笑了。

爸爸为了支援地方建设，提前从部队转业了。工资比在部队少了很多。于是好多年就不再看见爸爸穿皮鞋，他总是一双黄胶鞋，鞋底都磨的看不见纹路，鞋帮也被妈妈刷得泛白。由于爸爸走路右脚有些偏，所以右脚外侧的鞋底总是先被磨得很薄，于是爸爸就把右脚的鞋底粘着一块胶皮，有时鞋帮磨出了洞，妈妈便连鞋帮也缝一块。那时总爱像个小尾巴似的跟在爸爸后，看见他穿着黄胶鞋的脚抬起又落下，右脚鞋底帮着一块胶皮。那时知道有铁岭这个地方，就是因为看见爸爸买回来的胶鞋底上印着铁岭两个字，就像我最早认识北票是因为家里的火柴盒上印着北票。

这样艰难的日子好像持续了很长时间，长到我感觉爸爸这一辈子是会就一直穿着旧的黄胶鞋了。那年我大姐上班了，过年回家来她竟然从包里掏出一双棉皮鞋给爸爸，鞋面泛着铮亮的黑光，鞋带整整齐齐的系着。我们都跑过来看，爸爸接过新鞋子，左左右右的端详，像个行家里手似的说，"嗯，这鞋不错。"然后他笑了，递给我们。我从爸爸一瞬间的沉默里看出爸爸内心的感慨，因为，他已经好多年没有穿过皮鞋了。那双鞋于是又像小时候我见到的那双皮鞋一样受到优待，爸爸不常穿，只有在一些他认为必要的场合，才从柜顶拿下来，擦得铮亮，穿在脚上，跺一跺，鞋上没有灰，大概是为了使脚在皮鞋里适应一下，然后很带劲地走出门去。不过哥哥姐姐再也不会偷穿爸爸的大皮鞋了，因为他们都成年了。

日子逐渐变得好起来，我们就不再在意鞋。爸爸的皮鞋也多起来，休闲的，正装的，棉的，单的，牛皮的，羊皮的，每一双爸爸都会认认真真的摆在盒子里，放在柜顶上，并不断叮嘱我们，不要再买鞋子给他。

现在爸爸基本不穿皮鞋了，他只穿布鞋，我们给他买鞋子回来，他都会指着柜顶上那些安放在鞋盒里的皮鞋说，"看，我还那么些鞋子呢，都穿不完啊。"眼里露出遗憾和感叹。

于是，平生第一次，我为爸爸的鞋子多而难过，那些闲置的鞋子似乎标明着某种衰退。人生的某个阶段，只能望鞋生叹，承认这种现实，该有多么难过呢？于是我不再为爸爸一双双的买鞋。有时候天气好，爸爸会指挥我把那些寂寞的鞋子从柜顶，从盒子里取出来，他吩咐我一双双擦得很亮，然后再放回去，每一双鞋子他都说得出来历。

我想关于鞋子的记忆，便是爸爸的经历。

如果鞋会说话，它会把每一个故事都讲得万分生动吧。

爸爸，再凶我一次

小广场边上那几棵洋槐已经开出串串细米白，初夏的暖融，万物似乎在春的慵懒中伸了个懒腰，走入葱绿洋溢的夏。

季节在父亲这里总是迟了半拍，他戴着深蓝亮白相间的绒线帽，系着红白格子的围巾，红白格子的毛毯搭在他的腿上，此刻他正仰头看着树上的两只蹦跳的雀儿发呆，他常常这样一坐半天，我不知他在想什么，这场景却相隔几十米锐利的刺痛我的眼。"爸爸"我轻快起自己的脚步，像个孩子奔过去……

从什么时候爸爸不凶的？十三年前，那年他刚刚退休，有一天我接到保姆电话说他可能中风，急忙赶回家的我见到爸爸正用已不灵便的双手在努力夹着面条往嘴里送。鬓角的轻霜，眼角浑浊的泪痕，也许，从那一刻起，他的"凶"，消失殆尽。父女之间二十几年的暗流汹涌一下变成了忧伤的达尔湖。

父亲的严厉在亲朋之间是很有名的，我的童年几乎每天都在胆战心惊中度过。记得有一次仅仅因为我吃完饭没有及时收拾饭桌又跟继母顶了一句嘴，他拎着棍子满院子追我，我跑到小河边躲到半夜才敢回家。爸爸的脾气也大，稍有说话不顺意，他就会高声责骂。现在我家里养着一只小猫，我从不打骂它，因为我见到它们胆怯的索索发抖，心里便会产生同病相怜。

年少的我对父亲不但是怨而且几乎是恨。面对他我全是被压迫者的情绪。可是自从那次他中风，自从他再离不开轮椅，我每每看见他发呆，便心里特别难受，我开始怀念过去他凶巴巴的日子。甚至他的暴躁脾气，那时他的声音洪亮充满权威与自信。一切仿佛都在他掌控之中，他是家里的主心骨，顶梁柱，是这个家的全部。如今这个双目无神落寞颓废的老人，哪还有当年意气风发的父亲的影子？我常常看到父亲落寞的背影时暗暗的想，我多么希望他还能站起来，还能迈动铿锵的脚步，哪怕他再无缘无故冲我吼几句，我也会激动的落泪。我不愿听见他矮了下去的声音，不想见他与我说话时的察言观色和微弱讨好的意味，那被病魔和无力抗拒的苍老环绕的样子，令我深深的难过，可是我却不能给予同情，不能表现怜悯，我必须无视并用一种快乐来表示对于一个曾经如火如山的父亲的尊重。

我曾经怎样用自己的叛逆来试图伤害他，抗拒他，可是如今他的衰弱与苍老却击败了我。我不能允许自己有一丝一毫的怠慢与不耐烦，而侧隐分明也是一种伤害。我终于明白，原来父亲的"凶"，我的叛逆，其实是我们最需要的距离。我们铿锵的接触，他的剧烈关爱与我的试图挣脱撞击出火花，其实是另类的欣赏。如今不能了，他纠结在自怜里，我纠结在痛惜中，我们都失去了好对手。

父亲节，我的礼物，似乎也不能使父亲从一种很深重的落寞中拯救出来，我的老父亲，我多么希望你再对我凶一次，或者一直对我凶下去，因为那意味着你还年轻，我还年少。

父亲一样的哥哥

很小很小的时候，父亲在很远的地方劳动。提到父亲，那是一个模糊的概念，因为更多时候牵我小手，在我仰视目光里的是哥哥。

家里没柴烧了，哥哥一声不吭，放下书包，在别人家升起炊烟的时候，他担回一担柴来。涨水了，上学时，我们像一群没学会游泳的小鸭子，在河边站一排，他一个个把五个弟弟妹妹背过河去。他的后背厚实有力，趴在上面像趴在家里的炕上那么自在安定。家里没人干活，哥哥因为长得高大，就冒充成人去参加劳动。白天他要上学，只能晚上参加夜战。常干到半夜才回家，可是生产队给参加夜战的队员的一点福利，高粱米饭加炒盐豆，他不舍的吃，都带回来，看着我们趴在被窝里，你一口，我一口传着带回来的饭盒，他悄悄坐到炕梢点起油灯温习功课。

有一年春天，不怎么下雨，连院子里的桃花都开的无精打采的。大人们皱着眉，说这样的天气不好。果然村子里流行麻疹。三姐被传染了，发起烧来。穷乡僻壤，无医无药，妈妈抱着三姐坐在炕上哭泣。哥哥打听到秘方，用鸽子的血涂身上可以解这种毒。老家的南河套有一座临河的悬崖，很高，很怕人，可是那个悬崖上有很多鸽巢，又据说鸽子是非常精灵的鸟，白天你绝抓不到，只有在夜里，用手电筒照定它的眼睛，在它惊慌失措时才能得手。于是哥哥拿了绳索和手电，约了同学，去南碰子给三姐捉鸽子。母亲虽然极力反对，可是哥哥很坚决。当哥哥手里提着两只鸽子回来时，已是下半夜。可是偏方并没见效，三姐依然沉睡不醒，亲戚们来劝说母亲放弃，哥哥很不客气，他很粗暴的把他们推出门去。

我在南园子里采花，哥哥拉住我的手，一滴眼泪滴在我手上，他低声说："你的三姐姐也许活不过来了。怎么办"？我从小到大，头一次看见他那么无助流泪，他总是一声不吭，胸有成竹，完全掌控。四五岁的我完全不解这种状况，我茫然的把手中的花递给他，"你的三姐姐没事，是不是？"我点点头，他把我搂怀里，说，"听哥哥话，祷告你三姐平安无事。"那天晚上放学后，他又出发了，翻过两座大山，过一条大河，到镇子上，托人给爸爸稍信。后来我长大后，走过那条山路，我简直不能想象，一个十六岁少年，在大半夜里有胆量走那样的山路，林深草密，据放羊的说，那座山里有狼。多年后，有一次问他，他说着急你三姐，怕晚了保不住她的命，没想起来害怕。我深信。如果不是这样，十六岁少年无论如何没勇气在夜色里走进那座大山。而三姐也因爸爸及时带药回来死里逃生。

母亲去世，我尚幼，哥哥上班头一年休假，回家来，三哥哥因为母亲去世，变得不爱学习。他吃了晚饭，带三哥哥去散步，走在白杨林，我远远看见他抱住大声哭泣的三哥哥。那天后，三哥哥正常学习了，最后考取了好学校。有一天放学下雨，我正发愁，他来接我，只有一件雨衣，他把我包裹严实，放我在自行车的大梁上，在他胸前。我看见雨水顺着他的下颌滴到我额头。雨幕横扫过来，他在风雨中奋力蹬车，倚靠在他胸前的那种踏实，现在想来，仍有暖意。

去岁父亲病故，我看到父亲灵前他的憔悴，我抚着他的膝头"人终要走到这一天的，爸爸已是高寿，何况那边还有妈妈在。"他拍拍我的手，"你长大了。"是啊，哥哥。我何止是长大了，我也已近中年。可是，你说我长大了。我在你的眼里，就如父亲对子女，永远还是小孩子的概念吧。

　　是的，有你在，我还是小孩子。

　　因为那天上街，你还习惯性牵着我的手，而我，冲动的差点又跳到马路牙子上去走。

给母亲求药

谁能没有母亲呢？我们来到这个世上，是因为有一个人给了你生命，而且无论你美丑，无论你高低，聪明还是愚笨，她都会不求任何回报的温暖呵护你，毫不保留的矫正你的人生旅程，这个人，便是母亲了。

幼时家贫，哥哥姐姐们加上我一共七个，只有爸爸妈妈两人的微薄工资维持生计，爸爸常对到家里来做客的朋友半是骄傲半心酸地介绍说"我们家是干活没一个，吃饭两张桌。"而母亲更是整日做活，却一点钱也不舍得花在自己身上。异常的艰苦和劳累，使母亲积劳成疾。家里经济状况不好，使母亲在生病的时候常常不舍得吃药，自己强忍着，我们看着她难受的样子，都很心疼。那时候穷乡僻壤，缺医少药，就有很多偏方，或者邪路数，乡亲们拿来医病，也有很好用的。有一天一个同学跟我说他们邻村有一个地方可以求"神药"，许多人吃了病都好了，这令我小小的心非常兴奋，如果我求来神药，把妈妈的病治好了，那该多好啊，这个想法像一道亮光，照射的我一整天都兴奋异常。为了能达成这个愿望，中午放学的时候我跟母亲撒了个谎，说放学后学校要大扫除，会晚点回来，母亲叮嘱我干完活别耽搁，快点回家，她还细心的对我说，"你胆子小，天晚了，草丛里爬出青蛙或者蛇会吓到你。"

放学的时候，太阳离山顶只有半个扁担高。我撒开丫子，以我瘦小的腿所能跑出的最快速度，冲出学校。我已经打听好了去那个求"神药"的地方的路，离着学校有四里地，翻过一个小山包，跑过一片麦地就是。

我看着天边的太阳，心里想着太阳落山之前我必须跑回八里地外的家。因为母亲在家里会惦记。耳边是呼呼的风声，一会的功夫，已看不见同学的影子，麦子们在我的身边，在微凉的晚风中悠闲地摇摆。因为怀揣着这个亟待实现的惊喜，我的心脏一直紧张得咚咚乱跳。

我一口气跑到那个村口，看到那棵可以求"神药"的大树，心才放了下来，此刻，天边的太阳离山顶只剩伸手可摸的距离了。

树前跪着许多求药的大爷大妈，轮到我的时候，我毫不犹豫的在满是泥土的地上咣咣磕了三个响头，看着面前粗壮沉默，枝干遒劲，充满神秘的大树，我闭上眼睛，虔诚的用尽我心中所有可以想象的乞求的话语，请树神给我神药，保佑我母亲快点病好。然后我学着别人的样子在树洞里用马粪纸包了一些粉末状的东西，像得了一包金子，小心地揣在怀里，心也砰砰的跳的剧烈起来，爬起身往回飞奔。可天还是不早了。太阳已经在山后消失了身影，只剩夕阳的余晖映照着大地。村子里袅袅的炊烟和大人喊孩子回家的声音，更让我焦急万分。我想，妈妈一定急坏了，而肚子此刻却不争气的咕咕叫起来，腿也发软没了先前的速度。在我就要跑过那片麦地的时候，天已经完全黑了。初秋的晚风有了几丝凉意，黑天野地里不知名的蛐虫叫使我恐惧，我简直是在连滚带爬的状态下跑回自己的村子。村庄安静，河水在很淡的月光下泛着磷光，远山是暗影，坡上村舍的窗子里透出温暖昏黄的光，我的心稍稍安定下来。

灰蓝浩渺的天幕很远，就在村头，稀疏的星光下，影影绰绰一个人站在大青石旁，我正在疑惑是谁这么晚了，还站在冷风里，就听见一阵熟悉的咳嗽声。是母亲！我三步两步跑上前，而那个人也向我跑来，一边剧烈的咳着，一边紧张的喊，"四妮，四妮，是你吗？""妈！"我喊了一声，激动和害怕使我的眼泪流下来。及至跟前，母亲一把抱住我，她摸我的头，又摸我的脸，嘴里喃喃的说道："没事儿吧，没事儿吧，妮儿。"就像验看一件宝贝，直到看到没什么异样，才舒了一口气。她一边咳着，一边直起身子，拉紧我的手，就像怕我再次跑掉似的，她的手热乎乎的，把我的手握得生疼。

回到家里，母亲什么话没说，当着哥哥姐姐的面，操起桌上的筷子打了我一手板，我看见她的眼圈红了，我也委屈的哭了，她哽咽着说道："四妮，你竟然撒谎，你说，到底去哪了？"我的犟脾气上来，流着泪，不说话，姐姐见母亲又扬起了筷子，急忙护住我，说道："四妮，你快说，你放学没回来，妈饭都没吃，在村边的冷风里站了几个小时了，妈担心死了。"我把求来的"神药"往炕上一扔，跑到外屋地，坐在小板凳上哭着。过了一小会，我感到一双手把我从背后抱起来，我听到了母亲费力的喘息。她把我抱上炕，什么也没说，下厨房用父亲买了给她生病时吃的白面为我做了一碗面条，母亲在厨房忙碌时，我想，我才不吃，我去给你求药，你还打我。可是香喷喷的面条端上来，又累又饿的我早忘被打的茬，一口气吃了个精光，那是我这辈子吃过的最香的面条。半夜的时候，我被惊醒，看到母亲反反复复摩挲着我被打的那只手，眼泪扑簌簌往下落。

至于那包"神药"母亲吃还是没吃，我不敢确定，因为父亲不信这个，不许她吃。但是有一天晚上，我听见母亲对父亲说："那是四妮的一片心，好了更好，不好也不过是吃一把土面，死不了人，扔了孩子会伤心。"

母亲离我们远去很多年了，想起这件事儿，想象那晚她说这话的表情，我还会不自觉地湿了眼眶。

梁上书

现在小孩子的启蒙教育都很早，有的甚至还在妈妈的肚子里就已经开始了胎教。我们小时候，可没有那样，出生的时候都傻傻的吧，哪有现在小孩子一出生就带了股灵气儿。

小时候的第一堂课，说来好笑，来自哥哥姐姐。我妈妈是一名中学教员，哥哥姐姐小的时候，幼儿园还没有盛行，再说那时全家支边，生活在乡下。爸爸妈妈上班他们怎么办，就是妈妈左右手各牵一个。上课的时候，就让他们排排坐在教室的门槛上，因此，哥哥姐姐小时候最擅长的事，讲课，最喜欢的游戏，讲课。

所谓讲课，自然有讲的，还要有听的。开始，哥姐轮班，你讲我听，我讲你听。渐渐的这种形式玩腻了。因为两张面孔，老是换来换去，爸爸妈妈他们是请不动的，于是他们哄骗他们懵懂的小妹妹我，去做他们唯一的学生。黑板呢，是没有的，但也可以说随处可是。爸爸妈妈奉行的是宽泛的教育，只要他们不把板书写到街上去，家里随处都可以。窗台上，玻璃上，台阶上，院子里花坛墙上，鸡鸭圈的木门上，柜子上，甚至妈妈的梳妆镜也避免不了像爬了小蝌蚪一样出现歪歪扭扭的 a，o，e……爸爸妈妈歇班在家时，看这些见缝插针的天书他们不生气，妈妈拿着抹布到处追着擦，有时看见有趣的还会站着看，歪着头抿着嘴乐，有时也会喊爸爸过来，指给他看，爸爸扶扶眼镜，嘴里骂着小兔崽子，也笑起来。

但最离谱的，是哥哥姐姐把字写到房子里的过梁上。那时的平房都是有过梁的，过梁因为要承载整间屋子檩木的重量，所以很粗大。我小的时候看见我们家的过梁，就曾想过，这是世界上最粗的木头了吧。哥哥姐姐的板书就写到那根过梁上了。写的时候，他们蹬着小板凳，"什么红军不怕远征难……"什么"数风流人物，还看今朝……"都是爸爸经常读的那本毛主席诗词上的。他们站在小板凳上写，站在小板凳上一板一眼的教，似乎这样才更像妈妈讲课的样子。因此我小的时候受的诗词启蒙，不是李清照或者现在流行的纳兰词，而是毛泽东，周恩来这些老一辈革命家的名篇。以致我十岁那年胡拽乱蒙的一首诗中有一句"苍茫大地谁为主，一片素白雪争锋。"爸爸惊喜的拿给同事朋友看，大家赞不绝口，都说，"哎呀，这个女孩子不得了，有男子气概。"其实我自己都是似懂非懂，只不过是受了哥姐写在梁上那些铿锵诗句的影响，盲目模仿而已。这从人将中年一事无成的现在就可以看出。

哥姐写在梁上的板书可以看好久，甚至一年。因为太高了，妈妈不踩凳子也够不到。于是他们就在过梁上洋洋得意的招摇。而对于我就可以在睡不着的晚上，或者无聊的白天，躺在炕上反反复复的吟咏。我是希望哥姐时常更新那梁上书的，因为其地适合横躺竖卧的阅读，反复吟咏之下，记个一两句，偶尔在闲谈中冒出来，就令爸妈格外夸奖我。记得哥姐有时还在诗旁配图，最常见的就是长城，太阳，天安门。有一回不知是哥哥还是姐姐画了一次毛主席像，因为没有黑色粉笔，就把头发画成了红色，也许他们认为红色是最尊贵的颜色，爸爸下班回来看见了，赶紧搬个小凳子擦掉了，还把哥姐批评了一顿。因此好一阵他们没往过梁上涂鸦，我看着空荡荡的过梁，失了往日喧闹，还真有些不习惯，真希望他们早日再去写点什么，好可以看一看。于是没过多久，他们又开始往过梁上写了，只是不再画主席的像，只画风景和花鸟。其中哥哥画的向日葵最漂亮，朝气蓬勃，仿佛在风中摇动。

梁上书从什么时候开始不更新了呢？哥哥姐姐上高中后。梁上书结束了他们的历史。上高中哥姐都住校，学习忙，就忘了这把戏。可是有一个人没忘，梁上书唯一的学生，他们的小妹妹。有时就看着那已落了尘土，泛了沧桑颜色的梁上书发呆，想一会还称不上陈年旧事儿的事儿。

梁上书的彻底终止是搬离小山村。

搬家的头一天晚上，没有了当年细细的鼾声，只有我还有房中炕上凳间凌乱的包裹，送人的，带走的，割舍与沧桑的意味浓郁。月光似如童年，我侧过脸，看那朦胧中的梁上书，字句激昂，向日葵婆娑，从明天始，再不见。

那一刻，日子像丝帛，刺啦啦一下撕开了，梁上书被留在了另一半。

母爱是时光里最温柔的陪伴

　　由于一些历史原因，在某个时代，我们一家曾被遣返回乡劳动。所以当我出生的时候，便在一个很特殊的环境中。好多哥哥姐姐，贫寒的家境，更要命的是我们被遣返回乡的身份。

　　那时家人整日都生活在别人蔑视的目光之下，别人家里的一只鸡或一只狗也仿佛比我们根正苗红高大上。尤其是大伯一家，为了表示和我们不是一类人而总是喜欢对我们家做一些出格的事情。

　　那时很小，有一天，妈妈正在灶间做早饭，就听见大伯那院高声吵骂起来，母亲停下手里的活，细听，原来是谁家的小鸡啄了大伯家菜园刚刚冒出的小葱，母亲急忙去院中查看，发现我们家的 5 只小鸡都好好的圈在笼子里，她才放下心来。可是没有一分钟，骂声就很清晰的在我们家院墙外响起来，原来是大伯家的两个表姐，大致说是我们家的小鸡啄了她们家的葱，那骂声很大，能听见半条街，骂的也很不堪，诅咒的话简直不能入耳。年长的哥哥和姐姐要出去理论，妈妈指了指院子里的鸡笼，拦住哥姐说"她们是能看见咱们家的鸡没有出笼的。不要去，骂够了，她们自然不骂了。"

于是我们吃饭的吃饭，上学的上学，任由她们骂了小半天，没有一人出去回嘴对骂，妈妈不许我们那样做，她自己更没有。

还有一次天下着很大的雨，由于我们和大伯家住隔壁，大伯于是说我们家房子的侧檐淌水，淌到他们家院子了，我们住的是祖上留下的一所老房子，家家都那样，我们住进去以后没有做任何改变。所以这种说法用一个词来表达就叫莫须有，有"欲加之罪，何患无辞"的意味。先是大伯母带着两个姑娘过来和妈妈理论，妈妈说这件事要爸爸回来才能想办法，她也不懂建房子这些事儿。然后是大伯借着喝了点酒，拿了洋镐跑到我们家房上要刨房子，哥哥姐姐急了，拿了锹镐要跟大伯拼命，母亲把房门锁上，紧紧抱住他们，不许他们出去，妈妈说，"房子刨了想办法再建，可是人谁伤了都不好。"后来还是别的乡邻看不过，把大伯劝了下来。

再后来我们知道，原来大伯这样做是想把我们欺走，他想占用爸爸继承的这间祖屋。

几年之后，恢复政策，爸妈平反了，搬到了城里，条件好了起来，大伯家只种几亩薄田，条件衰落下来，大伯和大伯母身体也没从前那么好了。大伯便经常到我家来，吃吃喝喝住几天，或者来看病，每次走母亲都给他们拿药，拿吃的东西，也挑一些好的旧衣给他们拿回去。大伯母做手术，母亲端屎倒尿，像姐妹一样照顾她。哥哥姐姐因为过去受了他们那么多的气，见到大伯来就有些不开心，见到妈妈照顾大伯母，还给她做吃的，拿东西，更是生气。可是私底下妈妈就一直告诫我们，见到大伯和伯母不要给人家脸色瞧，要热情点，要有礼貌。

她对我们说，"你们想想咱们当初在井底下的时候，别人高高的，用各种眼光看着，咱们有多难受？如今咱们条件比他们好了，更不能做那个高高在上看着别人的人。"

后来母亲去世了，大伯家几个儿女到妈妈坟前祭奠，他们抚着妈妈坟上的土哭着说"再没有这么好的婶婶啦！"

我常常想，母亲未尝没有是非观，未尝没感到过委屈，可是痛苦的经历没有使她变得更冷漠，对这世界以牙还牙，反而看问题更达观，更宽容，以更温柔的心对待这世界。这不但博得儿女亲人的爱戴，也博得了过去有过仇怨的人的敬爱，这是四两拨千斤，爱的力量是强大的。

无论过去，现在，甚至将来，生活都不会完全是你想象的模样，每个人都会在风雨中成长，而人性最成熟的表现，不是你穿上了厚厚的铠甲，把阳光和温暖拒之门外，而是对世界敞开了更赤裸宽厚的胸怀；不是变得更世故冷漠，而是以更温情的心给他人以包容，岁月深处不是沧桑磨砺的僵硬，而是经历铺就的柔软，这才是人性最成熟之美，是时光长河中最温柔的陪伴。

人生是一场场目送

　　还记得人生的第一场有记忆的目送，那年六岁，是暖意融融的春日，母亲坐在从邻居那里借来的小毛驴车上，围着家里那床大红花的被子，毛驴车驶过院外的桃花树，一阵风来，母亲齐肩灰白的头发，鬓边有几丝飘到脸上，粉红的桃花瓣纷纷落，落在她灰白头顶和新穿的淡青色碎花衬衫，她只是挥着手，脸因为瘦削而越发觉得笑得如此夸张，可她就那样笑着离开我们视线，再也没有回来。目送者站在自家院子的土墙旁，看着母亲渐行渐远，无奈的抽泣，一个六岁的孩子无法主宰自己，更无须说别人的命运。

　　第二次的目送，是作为被送者，十七岁，第一次真正意义上的离开，离开小镇，离开县城，到省城求学。清晨赶火车，夏末秋初的凉风，乌瓦红砖的小站在晨曦中朦胧，长长的铁轨从远方来，延伸到远方去，站台上稀稀落落的人。我拖着行李挤上车，站在过道上向窗外看去时，看见父亲寻找的目光，孤单的身影。垂下头时眼泪已滴在行李箱上，列车启动，哐当哐当声中，越来越远的是故乡和父亲，还有曾十二万分盼着离开的家，如今都因离别而蒙上了暖色调，就像渐起的朝阳，暖橘。

人生最大意义的那次目送，发生在六年后。我要嫁到远方去，独自一人出发。行李已先行托运，只随身携带一个小包。早春二月，天还蒙蒙亮，我赶早车，父亲早起送我，他站在简陋的门楼下，黑漆的大门半掩在他身后，启明星在遥远的天际寂寞闪烁。我摇摇手，"爸爸，回去吧。"爸爸嗯了一声，我回头看不清他的表情。于是我转过头来一直走去。街上空寂无人，使父亲的目光在孤单中无限的拉长。心里稍稍有了心酸，又觉无聊。多年的独立让我知道，我从来不是那个有点事儿就可以哭哭啼啼耍情绪的孩子，我的情绪给谁看呢？那天早晨，我坐上车，车在晨曦微明中驶出小城，我不知父亲站在门口目送了我多久。那是意义重大却简约的目送。

生命里最无法忘怀的目送，发生在去年。父亲走了。幼年时目送母亲，她笑着在桃花纷落的春日。这一次目送父亲在深冷的浓秋。父亲躺在玻璃棺里，似乎在一个梦境中微皱着眉，慢慢沉落下去。只剩下无声不知所措的白色百合。痛苦像铅海，又重又黑，深不见底，压制了撕心裂肺的哭喊。我只有沉默，似乎才能表达一切。我目送了生我养我的两个人的离开。目送自己真正意义上的孑然一身的到来。

目送便是离别，即使有时它也意味着出发，可对另一方仍是离别。

人生自古伤离别。

但真正理解目送，却因为龙应台人生三书里的《目送》，关于华安和"我"的故事。小学，16岁，21岁。一个孩子在母亲的目送中长大了，每一段目送似乎也引领着各种酸甜苦辣。龙应台也在目送中永别了自己最亲爱的父亲。沉痛在理智中熨平。

她说："我慢慢地，慢慢地了解到，所谓父女母子一场，只不过意味着，你和他的缘分就是今生今世不断地在目送他的背影渐行渐远，你站立在小路的这一端，看着他逐渐消失在小路转弯的地方，而且，他用背影默默告诉你：不必追。"

人生不过是一场场目送，成长或衰败。你是目送者，或者被目送。

龙应台的《目送》，写父亲的逝，母亲的老，儿子的离，朋友的牵挂，兄弟的携手。写失败和脆弱，失落和放手，写缠绵不舍和决然的虚无。

是烛光里映照百态微情，亦是世间情感的百科全书。

世多歧路唯快乐迎风

还记得结婚的前几夜。

母亲去世的早，除了姐姐，有部分被子行头我自己打理。日子选在初春，北方还是春寒料峭，第二天就要出发，不知为何却停电，深夜我跪在地板上，缝着一床被子，听着北风在窗外呼呼刮过，内心的忐忑就像窗内明灭的烛火。思前想后，我几乎要哭出来了。于是我给未来的先生，我终生要厮守的人打电话，电话一接通，我就哭了……那头问我怎么了，我说没什么，停电了，我在缝被子，他轻声沉稳的说，别怕。累了就别缝了，结婚的意义不在一床被子。挂了电话，心稍安，也仿佛恢复了理智。自己找张抽纸抹抹眼泪，铠甲复苏，我知道自己准备好了面对全新的日子。

这是我结婚前夜的恐惧。

前两天，我的一个好朋友喊我到她家里去，她说，我想请你跟我母亲谈谈。我一头雾水，不知谈些什么。那是知性优雅的老太太，整洁一丝不苟的房间，亚麻布衣裤，颜色与式样刚刚好，祖母绿的项坠和戒指，精致却不做作。面对这样一个把自己和家打理的如此无可挑剔的人，我能谈些什么？去阳台帮朋友拿茶叶的时候，她悄悄跟我说，父亲去世了，母亲似乎患了慢性忧郁，老说自己浑身不舒服，哪都是病，可做了无数检查，哪也没病。

我觉得她也没病，因此我不能把她当作病人来对待。于是回房间的时候，我们随意的聊，谈到过去有趣的事情，她也会笑的很大声，没有假装的样子。我明白了，她只是害怕孤独。她也对我说，有人说话的时候，她哪也没感觉难受，可是家里就只剩自己，肚子也痛，浑身就难受的不得了。我说，您是害怕孤单，恐惧面对与从前不一样的日子，就突然觉得自己像个孩子一样迷茫了。她叹口气，可不是吗，在一起生活了四十年，多么不好，也都你中有我我中有你融为一体了，这样削掉一半，怎么受得了。我知道她依然忌讳说出老伴去世这件事。

她也一样是恐惧，恐惧面对自己不曾面对过的日子。

有时我跟先生闲谈，我说等我退休了，就到深山去造一所房子，研究百草，我说，你去不去？他说，我不去，我要去西北，用有生之年多种点树，把沙漠消灭一块是一块。哦，他是去种树。我们在一起是令人羡慕的夫妻，可是，我们也许在人生最后的日子里并不在一起。他问我，我不在身边，你不害怕吗？我说害怕，可是我更害怕看到你勉强的样子。我在想象，如果有一天，我们真的他去种树，我去识草，我有没有勇气？

人生有许多阶段，呱呱坠地，跟父母在一起，长大结婚，和爱人孩子在一起，走着走着，也许就剩了孤单的自己。所有这些都是旅程固定套餐，不是那样，就是这样。午时吃午饭，晚间吃晚饭，即使不喜欢，像个孩子一样的闹，又如何呢，最后还是会吃。

人生就是这样，一重岁月，一重山水，一重风景。闪过的，记得他的好，丰满的记忆会肥沃你的人生。"莫愁前路无知己"，前路你怎么会知道呢？只期待着，勇敢者，别吃了习惯的亏，那只是习惯，没什么，习惯可以推倒重来，就像摆积木，谁知道人生的下一个创意有多美好，回忆那些恐惧的当初，都曾链接了快乐的过程，所以，干嘛不大踏步的迎着风，快乐的走下去？

岁月里站成风景的那棵树

年假里肉食的油腻，环境的喧嚣，又或者太多言不由衷的客气话，都超出了自己心灵愿意承担的范畴，所以便想着独自找一处清幽透透气。那天随便开车上路，正是春雨后，时近黄昏，驶出小镇，房所渐稀，遥见山岭，林丛在路旁闪现。摇下车窗，湿漉漉朽叶返潮和泥土的味道随风而入，熟悉又安适，却容易引人入回顾的岁月。

路上几乎不见车，我的目光在车窗外肆无忌惮的搜寻，突然看见山谷里有一棵大树，此木秀于林，这棵树比周围的树高大而且独具一格。拐过的瞬间，又在后视镜看了两眼，心里突然想起父亲，并对这陌生的树升起父亲般的尊崇。人生最大悲伤，莫过生离死别。父亲离开一月余，想起前一日还伺病榻前，他幽默的音容笑貌，后一日已黄土加身，阴阳相隔，白花掩新坟，谁能不痛煞愁肠。

我的成长与父亲的人生轨迹有着某些错位，当我在心中急需塑造一个高大上的父亲来夯实成长的迷茫时，遭遇母亲去世后父亲的酗酒解忧，还有我最不愿接受的风言风语。这加重了我少女的忧郁和伤感，还有无法逃避的失落。直至成年，仍然对父亲有着隐怨。于是更多的时候我们彼此默默注目，各自揣摩，不言不语。对于父女，冷漠本身便是一种伤害，因为本来我们应该是彼此需要，其乐融融。我心中有怨愤，他体察到这种怨愤并产生歉疚，又不知从何说起。当我到了充分理解他的年龄，他也早已失去高大上的能力，他是一个白发老者了，脆弱的还不如一个孩子，一点不如意就发脾气，一点头疼脑热就惊慌失措。可是我在他从前的种种中寻到了他的伟岸。

　　二十出头已在所在部队崭露头角，却因路线不同，放弃大好前途，决绝转业，这绝对需要勇气，虽然历史证明，父亲是对的，可是历史不能给一个普通人返还时间和一个也许本应属于他的美好未来。成年后的我才能深切地体会到父亲在这期间所承受的煎熬与苦闷。也明白了一个正直的人，我父亲的勇敢。

　　就在他去世前不久，他已经行走不太利索，但有一天想出去逛逛，于是我推着他，随便拐到一个卖各种杂货的小街，我觉得他也没什么购买的欲望，就是在家里闷得久了，想看看外面的烟火，散散心。可走着走着，他突然猛烈拍打扶手，含混不清的说，"停，停！"我赶紧停下车子，顺着他的手指看去，原来有一家玩具店在清仓，各种各样的老式玩具随便的堆在一块塑料布上，有的已经破旧了，这有什么好看的呢，我刚想推父亲离开，可他竟用手抓着轮椅的手刹，不肯让我走，我便蹲下身子，一手扶他的膝盖，一手指着摊子，问他可是想买什么，摊主见状也急忙从摊子底下往外翻品相看上去好一点的玩具，父亲像个孩子似的，笑的一脸菊花，却又急的脚也跺，手也指，我和摊主顺着他的目光看去，摊主便抓起那只塑胶的小熊猫，还捏得嘎嘎叫了两声，然后递给他，父亲的笑啊，那么天真无邪又满足。

　　我付了钱，他就一直那么放在膝盖上捧着。回到家，看我换好衣服，他又把那只玩具小熊猫递给我，我说，"老爸，你是买给我啊。""嗯。"

父亲很认真的点头，慢慢竭力把话说得清楚，"你不记得吗？小时候我买过一个给你。"哎呀，父亲这么一说，我真的想起来了，好像是有一年我生了病，好容易好转了，在炕上躺了很久，那时家里条件很差，七个孩子能吃饱饭已不是容易的事儿，生病了靠自己体能扛。等到我刚能下地，父亲拉着我的手带我去那时唯一的百货商店，供销社，问我要什么，我一眼看见了柜台上的那只小熊猫，我从来没见过这么可爱的东西，圆头圆脑，白白胖胖还有大大的黑眼圈，熊猫怀里还画了一抹绿竹，以现在的审美看上去是恶俗的，但是那时只觉可爱，我毫不犹豫用手一指，父亲有些踌躇，但还是掏出钱包，好像是花了两元多钱，买下它。那些钱够我们家吃一年咸盐的了。然后在周围小孩羡慕的目光中，父亲抱着我，我抱着熊猫回家去。那只塑胶的熊猫带给我多少欢乐和满足啊，后来因为玩的太久，裂了缝，不能捏响了，又后来破了洞，实在不能玩了，搬家的时候就丢掉了。可是如今我忘了，父亲还记得。我接过父亲递给我的熊猫，伏在他膝上，捏的嘎嘎叫，父亲呵呵的笑出了声。那一刻，所有的怨忧都不见了，感动的只想趴在爸爸膝上大声的哭。

　　我知道每个人心中都藏着一大堆关于父亲的故事，可是我关于父亲的故事，是如此的复杂又充满别样的意味。这些故事曾给我伤害，也给我温暖，教我成长，也是我从没有如此清晰明了人性，并为之感动。他像一棵树，屹立于岁月长风，在与不在这个世界，将永存于我心中。我明白，父亲爱我，就如我爱他，只是以各自不曾改变的初衷和方式。

温柔在岁月最深处

由于一些历史原因，在某个时代，我们一家曾被遣返回乡劳动。所以当我出生的时候，便在一个很特殊的环境中。好多哥哥姐姐，贫寒的家境，更要命的是我们被遣返回乡的身份。

那时家人整日都生活在别人蔑视的目光之下，别人家里的一只鸡或一只狗也仿佛比我们根正苗红高大上。尤其是大伯一家，为了表示和我们不是一类人而总是喜欢对我们家做一些出格的事情。

那时很小，有一天，妈妈正在灶间做早饭，就听见大伯那院高声吵骂起来，母亲停下手里的活，细听，原来是谁家的小鸡啄了大伯家菜园刚刚冒出的小葱，母亲急忙去院中查看，发现我们家的 5 只小鸡都好好的圈在笼子里，她才放下心来。可是没有一分钟，骂声就很清晰的在我们家院墙外响起来，原来是大伯家的两个表姐，大致说是我们家的小鸡啄了她们家的葱，那骂声很大，能听见半条街，骂的也很不堪，诅咒的话简直不能入耳。年长的哥哥和姐姐要出去理论，妈妈指了指院子里的鸡笼，拦住哥姐说"她们是能看见咱们家的鸡没有出笼的。不要去，骂够了，她们自然不骂了。"

于是我们吃饭的吃饭，上学的上学，任由她们骂了小半天，没有一人出去回嘴对骂，妈妈不许我们那样做，她自己更没有。

还有一次天下着很大的雨，由于我们和大伯家住隔壁，大伯于是说我们家房子的侧檐淌水，淌到他们家院子了，我们住的是祖上留下的一所老房子，家家都那样，我们住进去以后没有做任何改变。所以这种说法用一个词来表达就叫莫须有，有"欲加之罪，何患无辞"的意味。先是大伯母带着两个姑娘过来和妈妈理论，妈妈说这件事要爸爸回来才能想办法，她也不懂建房子这些事儿。然后是大伯借着喝了点酒，拿了洋镐跑到我们家房上要刨房子，哥哥姐姐急了，拿了锹镐要跟大伯拼命，母亲把房门锁上，紧紧抱住他们，不许他们出去，妈妈说，"房子刨了想办法再建，可是人谁伤了都不好。"后来还是别的乡邻看不过，把大伯劝了下来。

再后来我们知道，原来大伯这样做是想把我们欺走，他想占用爸爸继承的这间祖屋。

几年之后，恢复政策，爸妈平反了，搬到了城里，条件好了起来，大伯家只种几亩薄田，条件衰落下来，大伯和大伯母身体也没从前那么好了。大伯便经常到我家来，吃吃喝喝住几天，或者来看病，每次走母亲都给他们拿药，拿吃的东西，也挑一些好的旧衣给他们拿回去。大伯母做手术，母亲端屎倒尿，像姐妹一样照顾她。哥哥姐姐因为过去受了他们那么多的气，见到大伯来就有些不开心，见到妈妈照顾大伯母，还给她做吃的，拿东西，更是生气。可是私底下妈妈就一直告诫我们，见到大伯和伯母不要给人家脸色瞧，要热情点，要有礼貌。

她对我们说，"你们想想咱们当初在井底下的时候，别人高高的，用各种眼光看着，咱们有多难受？如今咱们条件比他们好了，更不能做那个高高在上看着别人的人。"

后来母亲去世了，大伯家几个儿女到妈妈坟前祭奠，他们抚着妈妈坟上的土哭着说"再没有这么好的婶婶啦！"

我常常想，母亲未尝没有是非观，未尝没感到过委屈，可是痛苦的经历没有使她变得更冷漠，对这世界以牙还牙，反而看问题更达观，更宽容，以更温柔的心对待这世界。这不但博得儿女亲人的爱戴，也博得了过去有过仇怨的人的敬爱，这是四两拨千斤，爱的力量是强大的。

无论过去，现在，甚至将来，生活都不会完全是你想象的模样，每个人都会在风雨中成长，而人性最成熟的表现，不是你穿上了厚厚的铠甲，把阳光和温暖拒之门外，而是对世界敞开了更赤裸宽厚的胸怀；不是变得更世故冷漠，而是以更温情的心给他人以包容，岁月深处不是沧桑磨砺的僵硬，而是经历铺就的柔软，这才是人性最成熟之美。

五月槐花香

桃李刚刚凋谢了芳华，于几许失落中，却迎来了五月的槐花香。

走在喧闹的街市，那一颗颗高大的槐树，头顶一簇簇的玛瑙白，仿佛赶场的山里姑娘，没有章法，却也花儿满头，开的热闹，质朴。

回到家中，小园有几棵前年从乡下移来的槐树，已长有两人高，推开窗子，即可见她们如少女般静立的身影。

今岁初夏，她们竟也不甘青翠，悄吐玉蕊。无论晨昏，携手清风，她们会悄悄潜进房中，挥洒一室的馨香。

这熟悉的清甜味道总让我愣神，让我忍不住在一杯拌和了槐香的新茶中，于回忆里翻几个滚。

小时候关于槐花的记忆，既不是现在这般"夜雨槐花落，微凉卧北轩"的小沧桑，也不是为赋新词强说愁的"风舞槐花落御沟。"而是源于一种不好启齿的情结，那就是对食物的渴望。

哥姐小的时候，爸妈支边来到北方的小山村，那里物质非常困乏，所以我小的时候只以吃饱为快乐。不记得第一次吃槐花糕是多大，但那香甜的滋味想起来犹在齿颊。

记得当时母亲揭开锅盖，热腾腾的蒸汽中甜香扑鼻而来。母亲不让我们走近，怕烫到我们，她自己用一把小刀在锅里划来划去，然后拿一根筷子，在锅里一扎，一块黄橙橙，香喷喷的玉米发糕冒着热气就举在了我的眼前。咬一口，又甜又暄，仔细看，能看到发糕里的花瓣，那就是槐花了。每咬一口，我都会特意在齿间寻找花瓣来嚼，因为那花瓣嚼起来有一种特别的甜味。于是每一口都希望下一次能有更多的花瓣在嘴里，不知不觉，粗糙的玉米面发糕已经被我开心的吞下肚去。那刻胃中的满足感和香甜的快意真使自己觉得飘飘欲仙。从那时起，以一个孩子对食物的基本渴望出发，我爱上了槐树和槐花。

槐树不是什么珍稀物种，北方山村不能说漫山遍野，也随处可见。每一年的四五月份，槐花刚刚吐蕊，我们便催着母亲摘槐花，做发糕。母亲带着我们，提了柳条的篮子，拿着接了长把的小镰刀，她总是很小心，割的时候不伤到花串之外的枝条。我们争抢着掉在地上的花串，摘去叶子和枯的花瓣。那是多么快乐的时光。

我们除了喜欢摘槐花，也喜欢和爸爸一起栽槐树。每年春天，爸爸都会在山上挖来槐树苗，带着我们栽到河滩上去。他说槐树耐活，寿命长，固土，花也香。由于父亲的坚持栽种，我们离开时，那片河滩已是槐树成林。

随着母亲的离世和全家搬出小山村，槐花糕和槐花也渐渐淡出了我的记忆。前年，为了满足爸爸的心愿，我陪他回了一趟乡下。看到他当年在河滩上栽的槐树已有腰粗。虽有物是人非的感慨，可看到绿叶婆娑，闻到香风扑鼻，还是满心欢喜。临走我特意带回了几棵槐树苗，栽在院中，以作纪念。

今年槐花刚开，想起昔日吃槐花糕的幸福，也学做了一回。尽管我做的仔细精心，可老公还是吃的皱眉，就是我自己，也没吃出往昔的香甜。思来并非技术问题，顿悟母亲当年的生存智慧，感叹她怎样四两拨千斤不动声色的解决了一大家子人的温饱。

　　时光一去不返，经年的记忆与悲喜也已无法复制和再现。就如那曾经的槐花，曾经的人，终将在生命中彼此失散。而我们只有带着感恩的心，在回顾过往的美好时，倍加珍惜这即将成为过往的当下。

　　就如此刻的我，在一杯清茶里静静品这五月槐花香。

向日葵下没眼泪

母亲去世的时候，我很小，那时的悲戚都是默默的，记忆里没有嚎啕的痛哭，因为我不知道哪里有一个温暖的怀抱可以承接我这份撕心裂肺的痛。

父亲的工作很忙，他亦是那种不习惯和孩子沟通的父亲，以前母亲在的时候，她是我们之间的缓冲和链接。

为了方便办理母亲的丧事，他把我寄放在亲戚家里，一周后，他把我接回家的时候，母亲变成了蒙着红布的黑色盒子，我成了没娘的娃，没人告诉我怎么接受这突然发生的一切。

那是个初秋的下午，父亲打开房门，家里一切如旧，只是少了一些熟悉的味道，阳光照在家具的薄尘上，我在木制的雕花椅上坐下来，小声的哭，那是母亲常坐的椅子，没有了母亲，家中的一切，包括空气，都充满了陌生凄凉的味道。而且那么的空旷冰冷。我觉得自己这么的渺小和孤单，心里充满了惴惴不安。

这一刻我深刻体会到了一个人的存在与消失与另一些人是如此的生

死相关，如此的重要。

父亲看了看低低哭泣的我，叹了口气，去厨房做饭，听见他淘米下锅的声音，往常这个时候应该是母亲在那里，母亲在的厨房永远很香，屋子里很暖，也让人那么的心安，此刻，我流着眼泪，心里很茫然，不知没有母亲的日子我如何度过白天黑夜，我还有多久可以长大……

草草吃过晚饭，心烦的父亲嘱咐我锁好门窗，他独自一人出去找朋友喝茶。

黑夜来临了，我打开所有房间的灯，可仍觉得墙角藏着不可知的鬼魅，窗外的一声猫叫，也让我心惊肉跳，我铺好父亲的被褥，又钻回自己的被窝，起风了，树枝在窗帘上摇动的影子像魔鬼的手，抱着母亲为我缝制的布老鼠，我的眼泪再一次流过已经被泪水泡得有些僵硬的脸颊，想起从前母亲讲过的那些继母虐待小孩的故事，心中盛满了恐惧，如果父亲真的给我带回一个后妈来，我该怎么办？我没有一个答案，夜深了，我只能在恐惧中迷糊睡去。

母亲的去世对父亲的打击和对我生活的影响日渐呈现，因为烦闷，他养成了酗酒的习惯，每天都喝得醉醺醺，十有八九在酒后因为一点小事和别人吵架，以致动刀动枪，然后被朋友邻居连哄带架的拉回来，我觉得很难堪，也很恐惧，后来我习惯了，他醉酒后，把他的鞋子藏起来，不许他出门，给他沏好热茶，听他骂够了，就会安静下来睡去。后来他不去外面喝酒，在家里，每天放学，都看见家里有人在猜拳喝酒，而且最令我难过的是，我想把自己关在房间里读书也不可能了，父亲总是喜欢把我叫出来，命我给根本不认识的一些人斟酒，令我想到小说和影视剧里的低贱女婢，这令自尊心特别强的我极度痛苦，可是，面对父亲喝红了的眼睛，我没有违背的勇气。

母亲在世时的那个安静温暖的家，只能成了我梦中的怀想，我常常在夜半梦中哭醒过来，那时自己最大的期盼，就是快快长大。

可是这其实还不是我幼小心灵的最大困扰，其实那时心里最恐惧的是怕父亲给我找一个后妈回来，可是，这件事情在忐忑不安中，还是来临了。

母亲去世后的第二年夏天，我隐约听见有人给爸爸介绍对象，这件事情得到证实，是在一个礼拜天，那天下着小雨，我正坐在房间里看书，父亲领着一个中年的女人回来，他把我喊过去，让我喊她某某阿姨，我笑了笑，没有作声，为他们冲了一杯茶，正在我要回房间的时候，父亲说："你出去走走吧，大礼拜天的。"我望着外面的雨，有些为难，这样的天气，逛街的伴也不好找，最主要的，我不喜欢逛街，再说又下着雨，可是父亲似乎没注意到我的为难，只是催促我，我只好换好衣服出门，可是发现自己的雨伞在前一天扔在学校了，我没有接那个女人递过来的伞，走出家门，听见父亲说："你别介意，这孩子倔。"雨点打在身上，我的眼泪涌上来，可是我想想憋了回去，憋得胸口闷痛。

随便在一家最近的商场转了一会，看看天已过午，我的肚子咕咕叫，我想那位不速之客应该离开了吧，雨也渐渐小了，雨滴从天上滴滴答答的漏下来，我低着头一口气跑回家，出乎意外的是，门紧闭着，连窗帘也拉上了，我的心轰然一动，觉得什么东西瞬间倒塌了。

我在门前站了片刻，默默地转回身，站在飘着细雨的院子里，心里空得像一只秋风里悬在枝上的蝉蜕，一片茫然，浑身冰冷，我抬起头，泪眼模糊地看见小花园里的两棵向日葵，这个小花园母亲在的时候，栽了各种花，一年四季都开满芬芳的花朵，母亲去世后，父亲在那里种了一些玉米，还种了两棵向日葵，如今已经开花了，金黄灿烂的花朵在雨中显得格外鲜亮，我不由自主的走过去，仿佛他们幻化成母亲的手，能为我遮风挡雨，雨点打在宽大的叶子上，深一声，浅一声，我一直在回想母亲在的时光，看见自己的膝头眼泪干了湿，湿了干，直到黄昏，父亲才送那个女人离开。那天晚上我高烧，甚至不知道自己半夜被送进医院，病好后，我和父亲的交流更少了，可是那个陌生的女人还是在秋天的时候，成了一个屋檐下的人。

也许是最初不好的印象，我们在一起始终别别扭扭，她没有不许我吃饭，也没有在雪天把我赶出门，可是，我和父亲的关系更加冷淡了，有一次因为一句话，父亲满院子追着要打我，这是我从未遇见过的。甚至在从前他醉了酒的时候，他也不会打我。

这一切，都使我更加坚定了远离家的决心，我咬紧牙，努力学习，目的只有一个，考上大学离开家。几年后，我终于如愿以偿，在远离家乡的地方上了大学，毕业我拒绝父亲的安排，在外地工作结婚。而这时，父亲也已经换了几任夫人。我和父亲的沟通更少了。

而父亲的电话日益增多，有时他会跟我说起身体不舒服，我就说买些药吃吧，我实在没办法不让自己的语气淡淡的，我的心里，还有着结，一个也许父亲看到了或者没看到的结，而这个结，我在日夜触摸。

父亲退休后，他给我的电话更频繁了，每次我都装聋作哑的漠视他的寂寞，我知道，父亲是有自尊的，他不肯低头，我亦不肯仰视，每一年春节，他都装作可有可无的邀请我回家过春节，我也都以新买房子，不方便，婆婆身体不好，不好回去，老公值班，不能走……各种各样可有可无的理由，拒绝。可是，每当除夕夜，看见老公和家人喜乐融融的样子，我都会黯然神伤，我也会想，父亲此刻是怎样的呢？他会开心吗？我多么希望也给父亲端上一盘热气腾腾的饺子，和老公乐乐呵呵的叫他一声爸爸，和他过个团团圆圆的春节……可是，从前的种种，会袭上心头，令我咬咬牙，断了这个念头。

日子在一年一年的纠结中度过，风雨和世事的磨砺，使我对生命有了更深刻的认识。听到父亲每次打电话日益低下去的语气，我并没有感到目的达到的快慰，反而心酸，正在我犹豫着在做心理上的准备，要回家看看他时，一天半夜，突然接到他的保姆打来的电话，说他可能中风了，突然左腿不能动，我什么都没想，也没有听从在外地出差的老公的劝告，连夜驱车往千里之外的家奔去，到家已是凌晨，我联系好了省城的医院，进屋的时候，父亲在吃一碗面条，父亲抬眼看看我，我被惊呆了，四目相对，恍惹隔世，七年未见，面前哪还有当年威武的男人，只是一个靡靡老者，他颤抖着手，往嘴里不利索的送着面条，苍老的眼角，有泪光，那一刻，我的心又一次在旧伤痕上重复碎裂，碎片在胸中飞舞，把我所有五脏六腑刺得鲜血淋漓，我不忍猝见，急忙低下头，帮他整理行李。

父亲的病好的那么快，既出乎我的意料，也出乎医生的意料，我的医生朋友对我说，"伯父简直创造一个奇迹，这么大年龄中风，后遗症是肯定的，可是他竟什么后遗症都没有，而且这么快就恢复。"我心里欢呼雀跃之余，也知道这一切的奇迹，也许源于他心情的空前愉快。

快出院的几天，我看见他欲言又止的样子，明白他的心思，我对他说，"爸爸，现在您身体虽然好了，可是还需要保养，我和老公也需要您时常给我们说说话，讲讲生活的道理，趁着这次您来了，就在这里留下来吧。"父亲的眼中闪过欣喜，可是马上又黯淡下去，他说，"你们都那么忙，我现在病好了，就别再拖累你们了。"我看着他，真诚的说道，"爸爸，您说哪去了，家有老，是个宝，我高兴还来不及呢，这次可不能把您这宝贝放跑了。"父亲哈哈大笑起来，那一刻，我仿佛有看到了从前意气风发的父亲。

父亲出院后，在小区旁边买了一层的楼房，还带着小小的菜园，他可以在闲暇时去种种菜，锻炼锻炼身体，他乐在其中，每天都打电话告诉我他看到的新鲜事儿，一天，我不是很忙，就放下工作，去看他，保姆说他在菜园，我直接去菜园找他，只见他正弯腰弄着什么，篱笆边种了一些花花草草，还种了向日葵，几日不来，已经长得高过了篱笆，嫩黄的花蕊在硕大的圆盘边喷薄欲出，我站在栅栏边，突然又想起那年雨

108

中的向日葵，向日葵下的我，我呆呆的在太阳地里站着，父亲的呼唤变得遥远，他看着我叹了口气，低沉了语调说道："你妈去世以后，我的心情不好，所以你小的时候，爸爸有些事情做得太武断，我……"我回过神来，急忙打断他的话："爸爸，你这向日葵长得真不错，等到了秋天收获了，够咱们一家子吃一冬天了。"提到他的向日葵，父亲的脸上立刻绽放了花一样的笑容，"是啊，是啊！"他一边应和着，一边絮絮叨叨的说着他关于菜园的伟大设想，此刻的阳光是暖的，世界如此平和的幸福，过去的一切都让它过去吧，在路上的我们每个人，懂得忘却，才会前行。

血浓于水的亲情里，向日葵下没眼泪。

忆糖球

春节看一友发微圈，新年了，一个糖球还没买。怀旧情结因为"糖球"二字一下突进心里。

知道什么是糖球吗，心里想的时候微笑已不自觉跳上嘴角，仿佛那纯粹凛冽的甜又在挑逗味蕾的快乐。糖球就是北方小孩从前对糖果的称谓，孩子哭了，大人说，别哭了，一会给你买俩糖球吃，小孩一准不哭了。年少时的糖球啊，绝没有现在商场超市里的糖果漂亮，它们有土头土脑村小妹一样名字，可就是，甜。人说，甜很容易啊，白糖，糖块，可说一句心里话，现在，甜变得不容易了。我也不知道打什么时候开始，糖球不见了，再也没那么甜的糖了。

现在的糖果，我不是讲营养价值，也不是讲配方科学，我就觉得现在的糖块甜的太丰富，太复杂，参着别的味，就把甜给拐跑了，或者甜的意义淡化了，有的带着点酸，有的带着点巧克力味，还有什么柠檬味……各种味。有一次我去商场，我说，有没有糖球，售货的小姑娘说没糖球，现在都叫糖果，我说那有没有类似糖球的糖果，她指给我看堆

110

成小山的穿得花枝招展的糖块，她说，这些水果糖其实就是你们从前的糖球，说完她还悄悄笑了一下，我寻思她一定在想，年纪轻轻的，怎么跟老太太似的，抓着土里土气的糖球俩字不放啊。

我买了几样回家，吃了一块，嘴里残留那莫名巧妙的甜，眼前是耀眼亮丽的包装，再没心思吃第二块。现在城里的孩子是真不知道啊，糖球多么甜，多么好吃，而且，糖球跟现在的水果糖，压根不是一回事儿。记得小时候村里的小卖部糖球一角钱十到十二个，我每年的压岁钱是五角钱，我肯定会拿出预算的三分之二买糖球，剩下的就是买串糖葫芦。小卖部的糖球分装在两个大罐子里，一个罐子里装一角钱十个的，一个罐子里装一角钱十二个的，我曾问过爸爸，为什么有的卖一角钱十个，有的卖一角钱十二个，爸爸说，它们包装略有差别，还有就是材质，一角钱十个的，应该是糖稀桶里上面的，一角钱十二个的，应该是糖桶里下面的。我说哦，爸爸说，吃起来味道没差别，就是糖稀底儿多少兴许有点杂质。我仔细观察，还真是那么回事儿，一角十二块的糖球包装简陋了点，有的糖纸外面都溢出了糖，打开糖纸，糖球冲着阳光一看，琥珀黄的糖身有些小颗粒。有一次我爸爸看我老盯着一角十块的罐子看，他就给我买了两角钱的，我觉得还真的如爸爸所说，一块糖纸溢糖的都没有，糖纸很宽绰，不像一角十二块的那样紧紧巴巴，里面的糖球也是，冲光一看，那真是高大上，一点瑕疵没有，糖中贵族。

那时候的东西，真的是一分钱一分货，明码标价，高低贵贱都诚信。家里有一年还曾自己做过糖稀，新鲜的麦子去皮磨得细细的，稀释成汤汁，然后用特制的细纱布过滤，木杵在盛满麦汁的大缸里搅啊搅，用不了多久，麦汁一点点变成了粘稠而透明的琥珀黄色，那就是糖稀。有时趁大人不备，跑近缸旁，用手指在糖稀上戳一下，含在嘴里，甜的味道半天都不退，如果正遇大人，就咯咯笑着跑开，一边吮着手指，一边心怦怦跳，品着颊齿间的甜，有没被抓到的雀跃，那真是别样的滋味和感受。多年以后，大块大块吃糖的时候不记得，反而这偷糖吃的情节每在回忆中引自己暗笑。

　　小时候，爸妈长辈给买糖球时，总希望有更多的糖球可吃，等到长大了，自己有足够的钱可以买糖球的时候，突然发现不经意间已找不到当初的糖球，即使有糖块可买，既不是当初的味道，亦不是当初的心情。纵有万般渴望，也只是去年天气旧亭台，望帝春心托杜鹃。想想许多事都是这样吗，边感叹，边前行，永远有新的风景在前面。

云边花椒树

七月的黄昏，我与一棵花椒树不期而遇。

关于花椒树的记忆就这样被激活，或者是，它本就一直在那里，虎视眈眈我的悲喜。

花椒树在我的记忆里是不一般的树。

小的时候，家中院子的小园里就有一棵。我买了这棵花椒树，拍了照片，发给远在万里的哥哥，我说，"哥，你看，我得到一棵花椒树，就像小时候家里那棵。"哥哥说，"是啊，好好养着。"

我记事时，家里的花椒树已有小孩的手臂那么粗。它其实不讨喜，味道不好闻，还浑身的刺，主干上黑色的老刺还好一点，尤其年轻枝条上的嫩刺，才厉害，碰到它，轻易就会扎破手指。但是我的哥姐，还有我都喜欢围着那棵花椒树绕，唱歌，做游戏。

北方山村，花椒树奇特而珍贵。穷乡僻壤，粗茶淡饭，填饱肚子就好，对于食物没有更高一级的要求。所以食物都是原始料理，调料，也就成为一种奢侈品。小时候我们家做菜连酱油都不放的，因为酱油好贵，怎么舍得做菜呢，如果哪一天赶上有格外的待遇，比如爸爸从工作地回来了，或者家里来了客人，做菜的时候，顶多放一点酱，酱油，是用来拌凉菜。端上桌的时候，母亲还会巧妙的提醒客人，"某某某，尝尝，新摘的黄瓜加了点酱油，味道怎么样？"以示对客人的恭敬。

但我们家做菜就多了一点高大上，放点花椒。夏天的时候，还会择一盘花椒叶在桌上，蘸酱。这是很新鲜的享受，有爸爸的同事特意到家里来，看花椒树，吃花椒叶蘸酱。因此家里的花椒树就带着一点贵气。我有一次问爸爸，这棵花椒树从哪儿来，爸爸看着灶间忙碌的妈妈，他说，从河北带回来，那里是你们妈妈的老家，还是爸爸从军的地方。于是花椒树又多了一份神秘，它来自遥远的地方，不像院里的桃树苹果树，土生土长，它不是原住民，来自母亲的故乡，来自爸爸青春的回忆。

夏天的时候，家里喜欢在院子里吃饭，篱笆上开满喇叭花，缀满指肚青桃的桃树在风里哗啦啦响。黄瓜架，豆角架在几步远的地方，吃着饭，就可以钻到黄瓜架里去摘新鲜的小黄瓜。黄瓜周身的刺还愣愣的，瓜顶缀着刚萎未完全褪色的花，忍着扎手，撸一下，刺和花都掉了，咔嚓一口下去，颊间空气里都流转着清新的黄瓜香。如果是爸爸喊一声，谁去给我摘一点花椒叶来，那立刻有好几个孩子都飞奔而去，冒着扎手的危险，去那花椒树下攀摘叶子。爸爸笑眯眯的看着孩子们陆续跑回来，把手中的叶子扔在他面前，笑得像天底下的大富翁。

他开始讲那些军旅的故事。桃子、花椒、黄瓜茄子，都静静的听，只有风顽皮的在空气里游荡。

花椒是棵勤奋的树，起码我们家那棵是。每年秋天，剪花椒是一件盛事，爸爸攀到树上去，拿着大剪子，一串串红珠粒剪下来，孩子们在树底下捡拾，会捡的满满一大簸箕，红彤彤像一座小山。放到阳光下晒着，过不了几天，院子里可以听得见噼啪的声音，乌黑的珠粒滚出来，花椒的外皮绽成了一朵花。约莫晒的差不多了，妈妈把花椒的皮，也就是通常意义做调料的花椒一捧捧收起来，底下铺一层乌溜溜、油亮的黑粒子，爸爸说，那才是花椒的果实。可是我们这里种不出来的。我说，那用来干什么用呢，爸爸说，也不知道。据说可以榨油，但我们这里是没那个技术。

这么好看的东西，竟然没有用，我总觉得有点不可思议，那个年代，一切都跟吃沾点边才好，否则有浪费嫌疑。也许爸爸跟我有一样想法，虽然不知用来做什么，可是扔了未免可惜，于是那乌粒子便被装在一个小布袋里，放在仓房。

有一天放学，家里蒸菜包子，妈妈说，尝一个吧，今天的包子有点特别。我尝了一个，包子里有什么粒子，咬下去，咯嘣一声，一股油，虽然油的味道有点特别，可是咯嘣咯嘣，这符合小孩的心理，于是很开心的咯嘣咯嘣吃了好几个，撑到不能吃。问妈妈咯嘣咯嘣的是什么，妈妈不答，我吐出一个来，黑油油的，花椒的果实吗，啊，终于找到用处，就像悬而未决的难题找到解决办法，心里快活起来。乡邻听说，便都来尝，家里门庭若市，蒸了一锅又一锅，母亲很热情，会拿出最后一个，宁可自己不吃。那是关于那棵花椒树最喧闹的记忆。

花椒树一天天长大，日子却不知怎么流走的。总之有一天，母亲身体不行了，她离开了我们，我们把房子卖给二伯，搬离了那个院子，搬离了那个小山村。又有一天，老家来人，给爸爸带来了那棵花椒树叶，我们对着那盘花椒叶，沉默了好一阵子，最后爸爸说，来，吃吧。他捻了两片叶子，蘸了酱，在嘴里慢慢嚼着，我不敢看他的眼睛。

前年爸爸也去世了，回老家送葬，仪式都结束，整个人都空荡荡在寒风里，到二伯的老院子，那颗花椒树的位置竟空着，一片茫然，仿佛花椒树的记忆是个谎言。我说，花椒树呢，二伯家表哥说，死了好几年了。再回头看看翻修过的房子。有一句话涌上心头，人生若梦。于是我回头，在这句人生若梦的回味中，在寒风里走出院子。刚刚戚怆的心，却出奇的平静下来。

现在我仔细的想，为什么我，我的哥姐都对那棵花椒树念念不忘，其实那棵花椒树也没发生过什么惊天动地的故事，顶多是因此母亲发明了咯嘣那种包子，有点戏剧性，其余不过是日与夜的更替。但却应了那句话，平平淡淡才是真。

那些父母家人一起走过的日子，走过便遥不可及，如云边花椒树，在遥望的回味中氤氲、温暖旅程。

长姊

　　早就想为我的长姊写点什么，越年长却越难动笔，因为想说的话越来越多。

　　我长姊是我们家七个孩子里年龄最大的。皮肤白皙，鸭蛋脸，大眼睛，漂亮的扎眼，但个子不高，爸爸说她从小干活累的。

　　小时候喜欢跟她睡一被窝，发现她肩膀有一块疤，我问她怎么弄的，她说烫的。原来二姐有一次生病，长姊负责照顾她，给她倒开水吃药时，可是柜子太高了，长姊没拿好，暖瓶倾斜下来，掉在地上，开水淋在她肩头。我摸着疤，问她疼不疼，她说当时吓得没感觉疼，赶紧跑了，因为暖瓶碎了，担心母亲会责骂。的确，那时一只暖瓶对于我们这么贫困的家庭太珍贵了。我长姊比我长兄大，从老照片看长姊比长兄瘦的多，可是长兄是长姊背大的，因为母亲要上班。我说，"长兄比你胖，你怎么背的动？"姊说，"除了过门槛，我都背的动。过门槛，我背着他爬。"老式的房门，门槛都很高。我想象着一个瘦的小孩背着一个胖小孩很艰难的爬门槛的样子。每想起这段话，我就有哭的冲动，可姊都是笑嘻嘻的说。六个弟弟妹妹姊她都背过，背完大弟，背二弟，背完二弟背大妹，……一直到最小的我，谁有什么脾气秉性，姊都知道，她说三弟爱哭，哭起来没完，二姐就爱在外面溜达，天黑了，还得背着在外面逛……我们小时候的衣服都是长姊做，不是因为母亲懒惰，而是因为母亲从小就读书，所以家务活她基本不太会，而且身体不好。每到过年了，我们家窗前的油灯就一直亮到很晚，长姊写完作业就坐在窗台的煤油灯前纳鞋底，做鞋子，做棉裤棉袄，一只木柄的小锥子被她磨得光光溜溜的，她雪白的腿梁经常搓麻绳搓得通红，左腿搓红了，右腿搓，两个腿都通红。我半夜睡一觉醒了，看见她还坐在灯下做活，母亲躺在炕头咳着。那时，姊应该是十七八岁的样子，可是我们穿出去的衣服鞋袜，都成为别的孩子羡慕的对象，大人也都问，这是谁做的，活计太好了，姊一天没学过裁缝，可她看啥会做啥。不但给我们做，还帮乡邻做。

恢复高考的第二年，姊参加考试，拿了全乡第一，只跟分数线差了十三分，他的班主任苦劝她复读，把座位给她留了半年，可姊知道家里困难，为了让弟弟妹妹能读书，她选择了上班挣钱。长兄最终成为县里第一个重点大学的学生，乡里敲锣打鼓来送录取通知书时，姊开心得不得了，可谁都说，这张录取通知书，本来姊也可以得到。因为那时兄和姊都在一个班，从来都是姊第一，兄第二。姊那时每月只挣 30 多元，要交给家里 10 多元，还要每天保证兄有一个鸡蛋吃，因为姊说兄学习累。而姊上班一年多，只有一件衬衫，晚上洗了，第二天穿。去食堂吃饭，她都最晚去，因为她不舍得钱买菜，只买半份咸菜。

兄上大学的第二年，母亲去世了，却把六个弟弟妹妹托付给还没成家的姊。她结婚了，我害怕的不行，我想也许我从此失去姊了。三姐姐考上县里的高中后，她怕我孤单，就和二姐姐把我接到她身边读书。那时他的小孩只有三两岁。姐丈是一名边防军人。失去母亲的少女在许多事情上都很茫然，一次我把棉裤弄脏了，可是很不好意思，就脱下来藏

118

在柜子角落里，只穿了一条秋裤就上学。第二天晚上，我睡着觉听见厨房哗啦哗啦动静，我起来偷偷一看，长姊正坐在小板凳上在水盆里用力搓我的棉裤，那是很冷的春天，我看见她的手冻得通红。早晨起床时，看见她的一条毛裤已经摆在我枕边。

姊结婚的时候，姐丈已是上尉，够随军的条件了，可她一直没随军，独自带着孩子与姐丈两地分居，直到我上大学，她才办理了随军。她要走了，我从老家赶去道别，在门外听见她和房东的一段对话，房东问她咋早没随军，这么多年没个男人在身边，多苦，她说，妹妹还小，自己随军走了不放心，这回她也考上学了，就放心了。我不知道当初姊嫁了一位军人有没有方便照顾弟弟妹妹的考虑，但她一直都等到我上大学，这是真的。那时我别的哥哥姐姐也都成家的成家，上大学的上大学了。

按照我们乡里的习俗，嫁出去的姑娘就属于外姓人了，可从姊这里看不出来。父亲退休后，做手术，要去姊那里休养，弟弟们家里有什么矛盾，嫂子们也都到姊那里诉苦。我找对象，也要先过姊这一关，哪怕老爸家里水龙头坏掉了，也要给姊打电话来，老爸才放心。姊把我们都陪到上大学，儿子也上了清华，姐丈连年受奖，她便拿起放下多年的课本，学了中国工商管理学院的本科。

如今她退休了，带小孙女，不过业余时间还去欧洲旅行，做美容也练瑜伽，是漂亮的"老太太"，弟弟妹妹们在她面前有敬重，没沉重，父亲更是别人说不通的事情，只要姊一张嘴，肯定话到事儿办。姊在弟弟妹妹妹夫弟媳面前绝口不提从前的事儿，就是那年兄回来过年唱那首《母亲》，要不是我去卫生间，我还都不会发现姊哭得像个泪人，她看见我，擦了眼泪说，"别跟别人讲，看你嫂子们想到别处去"。

姊的豁达不但需要心胸，也需要智慧。该尽责时尽责，该考虑自己时安排好自己，不给他人负担，不给自己遗憾，善良而不愚，智慧而不傲，一个女人，不必星光闪耀，周围亲人朋友的认可，便是人生最大成就，我想，这便是经典，值得仰视的女性。我的长姊，做到了。

珍惜那声唠叨

　　母亲应该是去送女儿上学然后回家，郑州是个很大的站，火车在这里停靠了很久，母亲与女儿细细的说了许久的话，似乎在叮嘱着什么，女儿已显出不耐烦，我很担心年轻人的性子，一会忍不住爆发，会伤了做母亲的心，还好这时广播响起了播音员提醒广大旅客列车就要开车的声音，女孩马上站起身来，这时母亲却出乎意料一把抓住了女儿的手，另一只手提着的一袋香蕉往女儿手里塞，女儿使劲挣脱，一边说："你留着车上吃。"就逃下车去，但似乎母亲还是不甘心，追到车门口，可是女儿已跑远了。母亲自言自语含着抱怨的表情走回座位，她坐下的瞬间，看到我关注的眼神，有些不好意思的笑了笑，举了举手里的香蕉，似乎带着些解释的说："这孩子，一点不听话。"我笑了，可眼圈红了，头转向窗外。

　　火车启动，郑州站唰唰在窗外闪过。我想起自己的母亲，多么怀念，多么渴望也有这样的唠叨在身边，哪怕天涯海角，想起这个世界有一个不吝唠叨的人注视着你，那是多么踏实，多么温暖。

120

可是拥有的时候，又曾何其烦这个唠叨。那年去镇上上学，母亲一会问书可都带齐了，一会问钱装好了吗，待会又说，"上课可别乱说话"，我都出了门，还追出来说，"可别跟同学打架啊"。我烦烦的哼哼着，赶紧跑远了。那时放学不爱回家，常常跟同学玩到很晚，使母亲担心，就是因为不爱听母亲唠叨。母亲后来重病住院，开头的两天，还觉得很清静，没束缚，但没有几天，我就难过起来，没有母亲的提醒，我丢三落四的，但最主要的，我突然感觉这种唠叨必不可缺，一种心理上的需要更甚于现实存在的意义。尤其是后来母亲再也没能回来，我伤心欲绝，觉得一个没有女人唠叨的家，简直就不是家，充满寂寥和冷漠，缺少一种融合。唠叨像小夜曲，轻柔的弥合在每一个家庭成员心里，使他们的心变得温暖轻柔，爱意融融。唠叨也是一种爱的付出，唠叨的背后是无私的关注，一直希望你做得好，希望你不受寒，不饿着，尽一个爱着你的人的所能来关心你，抚慰你。唠叨，只因关心太切，想为你做的太多，才会产生唠叨，这是一种不自觉。我记得母亲在的时候，有时她边唠叨着，边自己就笑起来，然后说："我怎么又唠叨上了"。

上班后，我们班上有个老大姐，也很爱唠叨，别人都不喜欢跟她在一起，嫌烦，可是我总能在这些唠叨中受益，直到她退休后，我还经常去看她。我觉得这种唠叨不管是因为工作，还是因为私事儿，都是因为她在关注你，她有话对你说，如果这个世界上，彼此之间连话都没兴趣说了，就更谈不上感情了。

所以我珍惜每一次与唠叨的相遇，感受这唠叨背后的关心与爱护，唠叨很费时间，可是如果有一个人对你不吝唠叨，那么你好好去珍惜吧，除了自己的亲人，能遇上的并不多。

第三辑　流年

北国之春

　　春天是制造水墨画的季节，北国之春与冬尤其反差大。

　　北国的冬天是单调的，寂寂的，枯瘦的，硬梆梆的，但是，北国之春，它是多彩的，娇柔的，随处风景的。

　　当风由冬季的刺骨到吹面不寒，再到温柔，如动了情的闺阁少女，轻轻拂过大地，纵使如何矫情，却也透着可爱。而北国之春，也因刚刚经历了单调古板的冬天，乍暖非寒时候，春眠不觉晓，处处闻啼鸟。融融风暖，流莺声碎，日高花影重。随意处，便见杏花喧闹，粉团路边，十里熏风甜昧。这个季节的垂柳敷着淡淡的鹅黄，"色浅微含露，丝轻未惹尘"，绿树村边斜，远看绿色纱帐，千里烟波，一年之中，只有此刻的柳树如此的娇羞，如此的妩媚。

　　北国不比江南，亭台阁榭，小桥流水，处处风景，时时诗意，春似乎于江南，总也是未曾走远，冬季，更多的是季节上的意义，春似乎一直守候在门外，只要春风一声轻唤，春便轻盈的走进屋来，于是，江南大地，再一次花团锦簇。而北陲之国，却是刚刚经历了白雪皑皑，万木

124

萧肃。春的到来，意味着苏醒，意味着开始，意味着绿色，意味着鲜活，意味着多彩，意味着芬芳。一切都是新的，亮堂堂的。

一年之计在于春，而北国之春，她就如北国的少女，是飒爽的，泼辣辣的，前一日，你也许晒着暖阳，看着街边毫无动静的枯枝纳闷，喟叹春的脚步迟滞，暗责春的心思慵懒。一场春雨，再走上街去，已是"绿杨烟外晓寒轻，红杏枝头春意闹"。常常令你暗自蹉呀，明明一直在等待，为什么竟没有看到她的到来？总于内心生出几许憾意，花赏半开，春，总是这样不打招呼，急急跑来，让人觉得浪费了满腔迎接的热情。

江南的春是带着梅花和油菜的香气的，柔侬软语，青油伞遮面，"人面桃花相映红"，也许还有浅笑声声过秋千。而北国的春天，是"野火烧不尽"，是"满园深浅色"，是"泥融飞燕子"，是"千门万户曈曈日"，是"春江水暖鸭先知"。土地在一冬的大雪中浸渍的松软，发散着鲜活和苏醒的香气，草儿也无拘无束，没心没肺，孩子一样，漫山遍野撒欢地跑。寂寞反刍一冬的老牛，一声长长的"哞～"叫醒了农人与麦芽。牛圈的料彻夜不断，新韭上桌，嫩绿嫩绿的小葱可以拌雪白的豆腐了，屋子里猫冬的人都到田野里去，脸上发着期待的光彩。那时，北国的春，真的到了。

那是与南国不一样的透出几分侠骨柔情的春。

波上寒烟，物外一秋总关情

我也许适合这样的日子，窗外秋雨缠绵，空濛弥漫，天地万物似有无尽的愁思，室内茶香氤氲，古琴悠扬，我在一片故纸堆或宋词唐诗中寻找小桥流水或雕梁画栋的秋意。人间毕竟九月天！我的故乡调兵山此刻也应该是秋意浓浓了吧！

一层秋雨一层凉，莫道天凉好个秋，当那第一片枯了的叶子在秋风中飘落的时候，秋真的来了。此时，窗外雨声滴答，落叶与雨滴伴舞，就如吟唱一曲缠绵清丽的《秋日私语》，裙角盈香，秋心如蝶。望着窗外遥想，也许我故乡的伙伴，他们在抱怨，自在飞花轻似梦的时节，独独登临少一人。可是，他们怎知经商的游子的心却无时不在思念着故乡，无时不在思念故乡的秋！

调兵山的秋意是醉人的，高高的砬子山，大辽河在远处流过，登高望远，秋风送爽，伟人的那首"独立寒秋，湘江北去，橘子洲头，看万山红遍，层林尽染，……"便会冲口而出，此刻的调兵山虽与橘子洲头的雄浑壮阔无法比拟，盛世安乐，我们也没有伟人那种"问苍茫大地，谁主沉浮"的感慨，但红色枫叶与翠柏青松同行，娇艳而清丽，婉约而浪漫，也自有一番情趣。尤其是山坡上晚摘的苹果，在枯叶间显露红彤彤的笑脸，给你充盈的喜悦，还有生疏而亲切的谷地和玉米，金黄的玉米一堆堆，整齐的玉米茬如待检的士兵，攒起的玉米垛如威武的将军威然伫立。可曾想起少时躲猫猫的游戏？也曾与好友忆及儿时看大人打豆雏子，那豆雏子特别聪明，你在后面挖，它在土里钻得飞快，可是大人么自有办法，他们往洞里灌水，直至看见憋不住的豆雏子在洞口探出湿漉漉的小脑袋，这时便是抓扑它们的最佳时机，于是人们便把它人赃俱获，捉了豆雏子，再清剿它的仓库，嚯，豆雏子可真称得上是个勤奋的贼，它的仓库里应有尽有，什么玉米高粱和大豆，甚至还有剥好皮的花生米！也许我们搅了它丰盛的晚宴也说不定，但是我们哪管那些，此时孩子大人的心里都是快乐的！

城市里的秋意总是比乡村慢半拍，当路边的绿化树葱绿渐失，黄叶飞舞，高楼广厦间才流散了秋意，风衣上身，丝巾飘舞，展露一夏已被晒黑的肌肤此刻被急急忙忙的包裹起来，抵御已渐凉的秋风，虽然老辈人说春捂秋冻，可是当秋雨过后，秋风来袭，人们还是对厚而暖和的衣着有了迫不及待。一车车秋菜在马路上停顿，老人们啧啧的称赞着，感叹着，也有停下询价的，秋意就这样在城市里满满的充盈着。这时我喜欢在生意的闲暇到宽阔平坦的生态道走一走，穿一袭红色风衣，任凉爽的秋风掠过脸颊，桐花已落了，其它阔叶树也褪去夏日葱绿的浓妆，显露清癯，枯黄的草地秋叶零落，如诗意流淌的写意画，偶尔看见小小的枫树，红叶剔透，泛起惊喜，此刻漫步在这洒满秋意的生态路，心中却全无悲秋之意，一切是那么的自然，宁静而舒缓。我喜欢这种不被打扰的孤独，晚霞在天边渐渐印染，湿凉的秋风在黄昏里微微流转，心从未与自然如此的贴近，似乎你与这秋已融为一体，世间繁华俱已远去，只有眼前静美澄澈的秋，包裹你，浸润你，你也变作那一片落叶，或者那一棵清癯的小树，独立而傲然，自有与众不同的美丽。

　　"碧云天，黄叶地，秋色连波，波上寒烟翠。"秋，就这样确确实实的来了，在山巅，在地垄，也在喧闹的都市。于是，秋思也来了，在枕边，在案头，也在日渐宁静的心里。岁月如梭，一秋一季总关情，商场如战场，可是故乡的秋，总是能让游子的心寻找到喧嚣的物质之外那醉人的宁静！

春，只因多看了你一眼

这是一个让人小心翼翼，让人心生多愁与怜惜的季节，一切都似深闺少女的雪肌般吹弹欲破的娇嫩，夜半的十分，星落的细雨悄悄而来，无声植遍你甜睡的阶前。

清晨，打开窗子，第一缕春阳欢蹦着跳进来，似顽皮的孩子，明亮而活泼，长长的吸一口这清新的，春的气息，久违的，泥土在潮润的春雨中醒来的味道，在这醇厚而新鲜的浓香中，你醉了，急急地放眼望去，寻找窗外春日的那第一抹绿色，三月的北方，垂柳含苞，绿芽还半隐在黄草间，虽无草色入帘青的热闹，却也满园深浅色，正是草色遥看近却无的季节，在那"冬天已经来了，春天还会远吗"的叨念声中，春天真的来了，春风温柔的抚过，春雨深情的唤醒，春于是轻快了羞涩的步子，悄然来到你的城市，你的身边。

"亭亭白桦，悠悠碧空，微微南来风，木兰花开山岗上，北国之春天，啊，北国之春已来临，城里不知季节变换，……"当年蒋大为的这首《北国之春》不知令多少思乡的游子泪满襟腮。是啊，春于城市的钢筋水泥总有几分无助，慢吞了脚步，却于乡野之中更受青睐，未免使城中之人慨然感叹"春笛何须怨杨柳，春风不渡城门关。"走在日渐和熙的春风里，心开始有了跃跃欲试的躁动，街边的老树还在为新芽而积蓄力量，城外的春该是另种样子吧？

我的心在对春的思念中徜徉，思绪在对春的渴慕中打了一个滚。"醒来醒来！"春拍着手，来到树林，来到枝头，来到小河边，来到村溪旁，来到广袤的大地，来到群山，它高声吟唱着，于是，村庄在冬的沉寂后醒来，一切都复苏了，千门万户瞳瞳日，泥土在春雪融化后，春雨滋润过而变得松软，那是苏醒的土地，踩在上面绝不是沥青或水泥的僵硬，此时你最好是脱了鞋子，让脚丫在泥土里恣肆，让融在泥土里的春意包裹你双足，浸润你的全身。那里还应该有泥融飞燕子，水暖唤野鸭，归来的燕子在檐前垒起新巢，新亮的羽翅在低飞的田野上泛光。野鸭在惬意的春风中对着苏醒的河流鸣唱第一声欢叫。那里还应该有少女明眸般清亮的小溪，冬雪曾经覆盖，寒冰曾经凝结，如今在春的召唤里，它活泼泼一路高歌，把春的歌曲传唱。还有那绿波浅草，黄牛牧笛，炊烟犬吠，柳漠烟织。

"醒来醒来，"春拍着手，继续它唤醒的旅程，草芽在泥土中懵懂的探出头来，暖暖的阳光里它笑了，于是一伸腰，绽出了一抹新绿，枝头的花苞被春弹了一个重重的大脑懵，它生气的睁开眼睛，太阳笑了，草儿长了，于是它也抬起羞涩的笑脸，千万棵草绿了，千万棵树绿了，千万朵花开了，于是在春的指挥之下，一首春的奏鸣曲雄壮威武的奏响了，天地间变成了绿的世界，花的海洋，春，大踏步的来了。

一年之计在于春，春是一条起跑线，春雷是那发令枪，一声脆响，你该飞起脚步，朝着梦的方向，飞奔。白居易说过，"吴苑四时风景好，就中偏好是春天。"是啊，春是温暖的，多彩的，芬芳的，曼妙的，新鲜的，是全新的开始。

　　春夏秋冬，春，我只是多看了你一眼，"屈指数春来，弹指惊春去，"虽然短暂，但我仍然深深的爱上了你，爱上这妖娆美丽的春天，爱上这梦扬帆起航的季节。

冬季到调兵来看雪

　　《红楼梦》里有一情节，一日贾母凑趣大观园诗社，逢芦雪庵大雪，四面粉妆银砌，忽见宝琴披着凫靥裘站在山坡之上，身后一个丫鬟抱着一瓶红梅，贾母喜的笑道，"你们瞧，这山坡配上她这个人品，又是这件衣裳，后头又是这梅花，像个什么？"众人笑道，"就像老太太屋里挂的仇十洲画的《双艳图》。"仇十洲的人物山水秀雅鲜丽，美轮美奂自是定论，众人说宝琴雪中裘衣映梅，就如仇十洲的画，自然是在夸宝琴的美貌，但又一想，如果没有粉妆银砌的天然大背景，恐怕宝琴穿多么漂亮的裘，衬多么娇艳的梅，也未免逊色不少吧。

　　从没有一种美可以与之比拟，如此阔大，如此诗意，如此灵性，小可浅吟，大可豪迈，引无数"英雄骚客竞折腰"，这便是雪。

　　当轻巧的六瓣精灵撕棉破絮从天而降，便引出当年谢道韫的咏絮之才，雪与伊人皆为佳话。更有毛主席的《沁园春·雪》"北国风光，千里冰封，万里雪飘。望长城内外，惟余莽莽；大河上下，顿失滔滔。山舞银蛇，原驰蜡象，欲与天公试比高。"豪情壮阔，意象纷呈，使人对这玉宇琼妆的世界产生了无边的想象。

雪，美则美了，但都市绝不可观，那么，冬季到调兵来看雪吧。

看雪花飘落安静的小街，偶尔的车流与人从在雪里，有烟火闲适动人的暖，心里静静的，走在街路，雪落人间，这本身便是无可替代的风景，更何况如果你走过月亮湖，看路两旁，吊篮上，薄雪初覆残红，弯弯柳清浅的眉儿也变了毛绒绒的寿星佬，湖上回廊交错，残荷出于薄冰，幽绿的玻璃栈道下，滟黑的莲叶诉说夏的记忆。但这薄薄的雪却在凄清之上加了一层诗意的凋零之美，恰正落到诗人的心里去了。迟暮之美，少此烟雪则艳，多成暴雪则凄。就如月夜怎可无琴？有月有琴的夜怎可无酒，有月有琴有酒的夜怎可无三五知己？"对影成三人，"必也是无奈的自嘲。有雪的月亮湖，恰是诗意的点缀。荷塘之中，虽是"倚风无力减香时，涵露如啼卧翠池。"可是有了这莹雪轻覆，便可"缘停翠棹沉吟看。"信笔抒怀，"留样最嗟无巧笔，护香谁为惜熏笼"。

雪有着精灵一样的性子，心静，遇雪则添静，雪总蕴含几分禅意，因此，寺中观雪，更有几分幽幽的况味。晨钟暮鼓，当明月禅寺在初冬万木灰黑的黄昏听归鸦鸣叫时，一场小雪悄悄云落重叠的琉璃瓦和静静的小北山，金水桥与放生湖一片洁白，红色金鱼还在冰下无忧的游动，雪花却给它们拉上银色的窗帘。晚课时光，沉郁的钟响伴着悠远的诵经声在雪中空灵，丝丝禅意，无念无我，此刻在这无尽洁白的世界突然有了了悟。

但雪也是壮阔的，它是大自然送给人类最具豪情的礼物。登上碚子山顶，极目远眺，雪正无边无际撒落，银装素裹的世界，"瀚海百重波，望山千里雪"，苍茫大地，真可问"谁主沉浮？"直可有"壮志在我胸"的情怀。山下的村落，小溪，雪意弥漫，又使人产生身在古画中之感，此一景，又岂是都市喧闹中可得？

雪，无论是细腻时，禅意时，粗犷壮阔时，它永远是自然的，乡间的。

赏雪归来，兀术古城的小吃酒肆正是酒肴之香扑鼻，不必绿蚁新醅酒，一杯调兵高粱窖，对了红泥小火炉，天晚可赏雪，正饮一杯无？

故乡的古井

　　那口古井发生过许多听起来很悬的事儿。至今为老家的人们所津津乐道。

　　老家的古井就在二奶奶家小菜园的坎下。存在多少年，没人知道，反正村里最老最老的袁老太爷说他小时候，那口井已经在那里了。

　　这口井没碑，没刻。但从井沿上那几方不知何年何月已经磨得看不清花纹的石板看，它年纪的确不小了。井边一棵大人合抱不过来的槐树，据说比井还年轻得多。井辘轳摇起来咿咿呀呀响。绳子打了两处结，但从没人怀疑它提吊水桶的能力。那是一种看上去令人肃然起敬的青灰色。让人想起《伏尔加河上的纤夫》，那幅油画里纤夫肩头的缆绳。于是在油画和井绳之间便有某种似曾相识。也许静默的油画和沉默的绳子之间有某种共通。辘轳上的摇把是光亮的，汲水时，随着绳子快速摇开，光亮的摇把就咕噜噜的飞速转开，只听扑通扑通两声，熟练的人在咿咿呀呀声中，转眼把两桶清冽的井水提了上来。打水的人和等着打水的人在这咿呀声中聊着天气和收成。没人维持秩序，可一切都有序而井然。古老

134

的民风像一本无字的书，刻在每个人心中，就像这无声沉默的井吧。

那时如果哪个被宠溺的孩子在大人的帮助下摸一摸光滑的井把，体验一下把水桶扔进深井的感觉，那他绝对要招来许多羡慕的目光的。

那时爱在井边乘凉，凉风从井里涌出，圆圆的月亮挂在天上，沁鼻的槐香中，遥远的故事在晚风中悠悠道来。听的最多的就是有一次村子发大水，老人和孩子都上了山，村里留几个年长的人日夜守在坡岸上，眼见洪水巨兽般涌了上来，可是到村前就停住了，那黄色的巨兽一遍遍涌，一遍遍失败，一直攻了三天也没能进村子。后来村中的一位长者道出了秘密，原来洪水到达坎下那口古井时，古井就像变成了大漏斗，在洪水里形成了巨大的漩涡，吞噬那黄色的巨兽，无穷无尽的吸纳，最终使洪水大败而归。

洪水退去，人们担心那口井里的水，虽是遍地淤泥，可井里打上来的水依然清冽甘甜。这令村子里的人欣喜若狂，就有老人说这是龙王爷在保佑郎沟村，这口井通着东海，发大水的时候，龙王爷悄悄过来，把水吸走了。除了他，谁还有那么大威力？虽然谁也没见过龙王爷长什么样子，可除此之外也没有更好的解释。尤其我们这些小孩总爱围着袁老太爷问，"真的吗？真的吗？"袁老太爷捻着雪白的胡须，双目有神，在月光下一脸郑重的点着头。我便怀疑他是天上的神仙或者龙王爷变得。以后这口井被赋予神的力量，据说某天有个孩子掉进了井里，可是竟毫发无伤的被一条巨龙托举了上来，某家媳妇不怀娃，半夜里去祈祷，隔年竟生了个大胖小子。总之，那口井被罩上了神秘而神圣的光环。

那口井的失落是源于村里突然有一天新修了一条公路，突然有一天又安了自来水。当人们在家里拧着龙头哗哗用着自来水的时候，那口古井只有在闲聊时偶尔被提及。再后来有人看上了这块风水宝地，成片的工厂，成片的小区，成群操着各种口音的外乡人涌来，这一次古井失去龙王爷的庇护，二奶家的小菜园不见了，那槐，那古井，那咿呀的井轱辘，像是一幅曾经的古画，突然不知匿迹于何处。

　　春天我回郎沟村，看见二大伯，他正躺在楼前的竹椅上晒太阳，听见我问，他微睨了我一眼，用手中的蒲扇指着远处一片小区，说，"喏，还哪找去！"然后他又闭上眼，自言自语道，"现在这水啊，一股药面子味，这瓜啊果的，也甜的邪性……"他喃喃的絮叨着，可声音很快淹没在车流人往的喧嚣中。

　　我望向童年的古井，那里是一片高楼，阻隔了我怅然的思绪，可在那一片繁华与生机中，突然很怀念古井边纳凉讲神话的岁月，那咿咿呀呀的井辘辘声中放缓了的步子，还有悠悠的晚风。

人生如莲

末伏的天气，流火燥郁，几番汗流浃背，便渴望那一袭的清凉。莲花湖走一走吗？翠婷羽盖，花叶两喧，清风徐来，暗香浮动，直透心脾，该是赏荷的最好时节。

莲花湖湿地公园永远给你这样的感觉，绿柳如烟的掩映仿佛是一首好歌的前奏，几多迷离和遐想只为那主角的出场。走过垂柳与小山，甚至不及与那满地繁星般的野花流连，只一心朝着那莲花湖而去。

接天的莲叶就在那氤氲的晚风和夕阳中待你，近乡情怯，芬芳愈近，步子却变得踟蹰，那大片的荷啊，菡萏相与，翠伞扶摇，兰亭小筑，扶栏而立，心中有了莫名的感动，初开的，盛放的，尖尖角的，还有那已经长成莲蓬的，只让人觉得是一大家子，莲之家族，老中青幼，盛放的犹如风韵绰约的少妇，半开的犹如犹抱琵琶半遮面的少女，最是那一低头的娇羞，尖尖角的犹如那稚气少年，满满的好奇仰举着头，也有几朵一起的，彷如仙子，有风拂来，纤腰轻摇，妩媚万千，可谓"色夺歌人脸，香乱舞衣风。"最是那可爱睡莲，仿佛午觉睡过头，于黄昏刚刚醒来，惺松的睡眼却透露痴痴的慵懒，让人想到醉卧海棠的湘云，万千风华掩于一憨。令人会心一笑。

这莲花湖的美不仅因为莲的颜色繁多，粉莲，白莲，蓝莲，还有种类，除了古莲，红莲，千叶还有睡莲。更奇在它的大，虽然号称万亩莲花湖有些夸张，但万米却是只多不少，想想方圆那么大地方，一眼望不到边，无数花红叶绿在风中婀娜多姿，碧水相托，妖娆舞动，是怎样的壮观和叹为观止。如嫌寂寞，自有野鸭花间凑趣，曲栏汀洲，鸥鹭惊起，增了几分野趣。凭栏远眺，纵使心中有几多郁结，也会烟消云散吧。

李白曾写道"涉江玩秋水，爱此红蕖鲜，攀荷弄其珠，荡漾不成圆，佳人彩云里，欲赠隔远天。相思无因见，怅望凉风前。"以莲思人，的确，面对如此有灵性的瑶芳，又怎能不令人浮想联翩？席慕蓉就曾写过《莲的心事》"我／是一朵盛开的夏莲／多希望／你能看见现在的我／风霜还不曾来侵蚀／秋雨还未滴落……"面对美丽多姿的莲花，想起心中的红粉或蓝颜，人在天边，思念却在眼前眉梢，才下眉头又上心头。几度惆怅，忧伤了的甜蜜，只有相思的人才体会吧。甚至安妮宝贝也在她的小说《莲花》中用平淡的语调讲述了旅途中至纯至美的爱情，也许，莲天生是多情的，所以多有名家用它来隐喻唯美的爱情，但它又是天上陨落凡间一种精灵，紫竹林畔，青莲妍妍，就连至高无上的佛也升在莲花座上，认为那是至洁无尘。

踏过红尘风雨，经历缘聚缘散，对爱情没了设问，多了尘埃落定的安然，也许才会理解一朵莲的盛开与陨落，而人生如莲，本是一静一喧。

山那边的粉豆花

四月的季节，我正走在赣榆山地，无边的油菜花，翻卷温柔浅金色的浪，每一枝有鲜绿嫩黄娇娇的笑脸，在轻暖的柔风中摇手，浅吟低唱。丘坡上有杜鹃，粉的紫的，在杉木和银杏葱茏的掩映中，间露羞怯的俏脸，天广而蓝，有曼妙的小小云朵的天边，这是奢侈的时节，眼的盛宴，心里满抱着芬芳和广阔。我的目光越过缤纷，故乡在山的那边吗？山那边故乡的粉豆花，可开了吗？

故乡的粉豆花，任我腹中词穷，亦找不到哪位名家曾为你吟过一词半句，但在所有的国色醇香，所有的碧玉晶莹中，你悠然摇曳在记忆里，长串的粉，在梦中，一直落落大方，一直肆意芬芳。

你是岁月里的某些人，也是某些事儿。露水和花的清甜香味在我的鼻端一触，我睁开惺忪的睡眼，长姐的笑脸和粉豆花交相辉映，她见我睁开眼睛，又把手中那束盛开的粉豆花轻轻向我头上一拍，懒丫头，快起来！我嘟着嘴接了，一边闻着花香，一边揪那鲜灵灵甜甜的粉豆花瓣丢进嘴里嚼着。头一晚炕下排满的鞋子都不见了，哥姐们各做各的事儿，早起炕了。母亲在氤氲热气的灶间忙碌，长姐起早在山上采的粉豆花已满满的摆了一窗台，香甜的味道溢进窗子，太阳亮堂堂的，我盘算着粉豆花瓣晒干卖到中药铺子去，中药铺子里老徐头眯长的笑眼，我也看到了五颜六色的香橡皮，或者姐姐还可以为我买一双带小猫的花袜子。

粉豆花是爱热闹的，我想，它们在山岗的栖息地从来都是一丛丛，又从一丛丛连成一片片，圆粉的花瓣，娇黄的蕊，一串串，挤着压着，像村童稚朴的笑脸，春日里她们就这么在你的视线里热闹着，满世界飘洒粉豆花的香。夕阳把天燃的那么红彤彤，太阳还有着一丈高，我和楠珍在花丛中说着幼稚的话，玩着幼稚的斗草，十几年过去，我在记忆里还原那幅图画，只觉得美到极致的哀伤，那是我看回去的童年。

淮河畔的水波月色，远处游船上有咿呀的歌声，吴侬软语的如泣如诉，老板看我入神，问我是否也要叫一人唱曲？我摇摇头，静夜长空，玉轮高挂，银波粼粼，我宁可在这似有若无的歌声里，怀想故乡的粉豆花，在那一份怀想里汲取流年的芬芳。月下的箜篌，水畔的梵婀玲弹奏一首思乡曲，这是游子客乡明月夜应有之意。一杯清酒系红灯，今人不见古时月，今月曾经照古人，幽幽待琴之际，轻舟已过几多青山，唯有那未浊的清泪，洒在羁旅的路，借问一声故乡的月，山那边的粉豆花，可开了吗？

上元的雪

早春二月，意外地下了一场雪。

昨日傍晚下雪的时候，是知道的，那么柔柔弱弱，纤纤巧巧，单薄的雪花孤零零的飘落，毫无气势，如名家偶尔的写意，便有了排除大手笔之外的轻视。

今早拉开窗帘，没想到外面的世界却有了斑斑驳驳洁白的留存，心中有一种意想不到的惊喜。苍茫雄浑固是大气，零落斑驳也有惹人怜的真意。

凭窗望去，远山初霁，灰濛雾霭下的铅色山坳点缀着洁白，起起伏伏像几只卧雪的斑点狗，不远处的马路上，黄褐色的车道怯生生印进白色的绒布，给人以俗世人迹的温暖，一家人在马路上行走，女人挽着男人说着什么，他们的话题，或许是元宵节的礼物，又或者是元宵节的大餐？可爱的孩子在他们的前面奔跑，跳跃，不时用手中的小棍儿敲打路边矮松上的残雪，穿着红色棉袄的小小身体像一朵可爱的红绒花在洁白的地毯上跃动，如此的入画，他跑过的地方，仿佛瞬间看见了青青的草芽。

搞清洁的老人清扫着楼下的石甬道，一会的工夫，甬道便又亮堂堂，光鲜鲜露出了日常的摸样，春雪也使小小花园里的丁香丛戴上了白色的绒布帽，一簇簇，三五成群似乎在打趣彼此的新头饰，衰黄的草却不理会丁香树的叽叽喳喳，老老实实在春雪下争取起床前最后的懒觉。我窗前的白杨，依然保持它酷酷的，特有的，一贯的思考的风格，顶着几片坚守的叶子，不苟言笑的挺立，就如固守的情人，已经烂熟于日常目光的爱抚，只管用粗的细的手臂疏离了我眼前的天空，我微微的笑，看杨树上那些眼睛，阴里晴里，风里雨里，夕阳下，月光中，我已捻熟，就如我窗前的兰草，琐碎的红尘，静静的陪伴，使我总想着我们有日久生情的彼此明了。

"此去但看江上月，清光犹照故园楼"，那以我为坐标的南方此刻是怎样的呢？那里可有斜风细雨，以我为坐标的北方又是怎样的呢？那里可有比这里更深重的雪，"微雨兰舟醉相思，上元轻雪此当时"。想想总是无端的烦恼，一般天际两般愁。

在这元宵节，又叫上元节的日子，也是女孩子的节日，观灯走百病。古时这一天，女孩子都打扮得漂漂亮亮，观灯会情郎的呀，想象着她们乌髻兰衫，环佩叮当，花灯初起，月影疏斜，满街珠翠游春女，济济人约黄昏后，花影中的那些莺声燕语，你侬我侬，……啊，美得简直让人想有一场穿越，体会一回别样的人生。

不过穿越也要找好地方，北方的上元节都是要穿了厚厚的防寒服，戴了手套耳包，踩着厚厚的咯吱咯吱的积雪，恐怕情话也是哆哆嗦嗦的吧。不过这是从前的记忆，今年的元宵节，却灯红衣绿在立春后的这一场羞涩的小雪里，于是，今年的冬便在这春雪中有了"欲饮琵琶马上催"的仓惶。

外面的鞭炮响起来，似乎是催促的鼓点，我却没有勇气走到早春的

142

寒风里去，把脸吹成红苹果，在洁白的春雪上跺一跺脚，我只像我窗台的兰草，守望与旁观，窗外是静静流淌的岁月，窗里是童心来复梦中身的季节，有的时候，我端着奶茶，内心莞尔，不知是我为赋新词强说愁的寂寞，还是真的已是恨别鸟惊心的凄楚。

阳光已经照上了窗台，窗外依然是稀疏的洁白，这是很特别的娇俏的二月雪，也是很特别的二月雪里的元宵节，即使小手笔，你也可相信，灯火阑珊的岁月，窗里窗外的风景，身边的独好。

试说茶语

爱上喝茶，并且离经叛道的背弃了那些碳酸饮料，是源于我的一位朋友。几年前她开了一家小小的茶室，邀我喝茶，清雅的环境，淡淡的茶香，高山流泉一般的古曲潺潺而来，我与朋友相对而坐，鳞柳样的茶叶静静卧于杯底，滚烫的水下去，绿裙飘舞，翻飞灵动，杯中的澄澈瞬间变为莹碧。而那鳞柳样的茶叶在曼舞过后，也安静地卧于杯底铺散开绿色的裙裾，就像一场美妙的舞会的间歇，或者一首乐曲的休止符。

碧茶轻啜入口，淡淡的苦，绵绵的香临于腮颊，对面的朋友于空灵雅致中更显几分明眸善睐，茶间古今，尘外菩提，闲云眼前，俗世远去，温润的绿意直漫胸臆，心中突然有了弱水三千只饮一瓢的畸恋，从那时，我爱上了茶中优雅知性之外的宁静。

茶起于隋唐，兴于宋，至明清却已有颓势，发展至今，却又形成了各自的风格。

北京的茶自在宽广，有天下之都的气概，既有前门大碗茶那样的海饮，也有 东关村大舍居那样听曲品茶论诗那样的小酌。上海的茶却又自是另一番天地，既有沪地温文尔雅的细腻，又添了一点稀奇古怪的洋味道。也有许多时候是用景德镇的瓷器，听着古旧的留声机放着一曲 violin 独奏的西洋乐，喝着一杯普洱或龙井，也并不觉得别扭。

古时茶道于西南最胜，在《明太祖实录里》就有记载"秦蜀之茶、自碉门、黎雅抵朵甘、鸟思藏，五千余里皆用之。其地之人不可一日无此"可见当时茶马古道的兴盛。这常常让我想起那雄关漫道真如铁的荒凉驿道，烈烈黄沙的艰苦旅程之后的一杯热茶不知会引得多少思乡之泪，思乡之情。那一声声驼铃，那"红酥手，黄藤酒，……欲饮琵琶马上催的"的深情又引得多少文人骚客留下千古不朽诗篇。

对于茶与酒，我更偏爱茶，虽然李白有斗酒诗百篇的名句，可是，我觉得酒的表达过于浓烈，那只适合热烈浓情的人，而对于我则更喜欢茶的静，茶的豁达与淡然，茶的深远。所谓"俗人多泛酒，谁解助茶香。"在一杯清茶，不但如唐代陆羽《茶经》所言"茶有热渴、凝闷、胸疼、目涩、四肢烦、百节不舒，聊四五啜，与醍醐、甘露抗衡"的保健功效，更让人让人想起唐代诗僧皎然，"一饮涤昏聩，情思爽朗满天地，再饮清我神，忽如飞雨洒轻尘，三饮便得道，何须苦心破烦恼"这关于茶与禅的深刻解读。因此，自隋唐以来，茶于解渴之外更被赋予一种情境与态度，一种品格与风骨，这也是古今上至帝王将相，下至名人骚客都酷喜饮茶的缘故吧。以致对于茶，有穷通行止长相伴的句子，可见茶在人们心中的重要。所以，当一杯茶用来解渴的时候，它是物质，当你从一杯茶中品出了某种情致与气质，它又是精神的，在一杯氤氲的热茶中，摒弃了浮躁与浑浊，长存于心的是清澈与静远。

因此我日益喜茶，或倚窗独品，或与三两朋友相聚小酌，虽无佛学大家赵朴初老前辈"七碗受之味，一壶得真趣，空持百千偈，不如吃茶去"的深悟，可也略知水不在贵，茶伴则香，朋不在多，心通则灵。因此也常常在我的一杯清茶里，喜我自在，乐我篱菊。

探古寻今兀术城

　　从调兵山的迎宾路一路向西，五月初夏的斜阳正掠过街畔的垂柳白杨。

　　商铺林立，金光披沐，各舞霓裳。越过车龙人流，举目之间，乌檐青瓦一城楼却横亘眼前，于栉比鳞次的匾牌侧凸显。晚阳在青灰间突然减了灼烈，多了厚重，光线滑过灰色檐脊，悠悠古韵一下潜漫心底，寻幽之心油然而生，寻娱与食客的嘈杂此刻倏然遁去。再行数步，城楼全貌已现，"兀术城"三字赫然在目。楼宇高大，城垛巍然，沿两旁楼侧笕桥台阶拾级而上，至楼阁之中，面东远眺，半街繁华，尽收眼底。古韵新潮，花叶葱茏，广厦林立，不由心生感慨。日暮登古城，微白见远墟。西向回首，却又见对面城楼遥遥相望，光影日斜，刺目之中，只觉屹立崔巍。而两楼之间，便是调兵山人眼里口中的兀术古城。

　　步下城楼，穿楼而过，脚下的青石板似历穿越，总让我联想起夜半梆声悠悠。环顾左右，青檐乌瓦，层叠相应。红窗格栅，飞檐翘起，鸱吻迎风，一排排楼舍整齐排列，幽思古质，赞叹之余，浮想联翩。红

146

酥手，绿蚁酒，或者才子佳人围炉畅饮，吟诗赋对的故事就发生在其中吗？正是夕阳无限好，未敢小思倾明月。却突闻丝竹之声，心内陡然一惊，突乱古今否？循声四顾，却原来是古城之中一户琴房，孩子们在练习古琴。总角缤纷，琴音稚气，却也稚得可爱动人。哑然失笑，心内先已濡软，那些初蕾朵儿般的脸儿，嫩藕般弦上灵动的芊指，一见怎不心生怜爱？

门前小驻片刻，琴音铮琮之中，突然想起那首诗，"天晚将欲雪，可饮一杯无"？雪落兀术城，那是怎样的美景？远山如黛，灰瓦覆银，六花零落，松青雪白，灰与白之间，清新与古朴，就如缤纷的现实相遇悠远的历史，欸乃一声，所有的幽思拂过门前串串红灯笼，带着茶马古道的气息，如天边繁星点点，起了又灭，灭而复起，潜藏心底。愣神之间，琴声戛然而止，眼前绿柳扶苏，香樟蓊绿，古城中小小的街心花园正彰显春意。三三两两的人儿在歌厅酒肆，玉器花草店前穿梭。脚下的青石在夕阳下耀目。如果有一场细雨，那必是美的，虽无小桥流水，可是檐前滴水，那也是惯住高楼的我们难得一见的情景吧？再来几分联想加加料吧，就假设有那丁香一样的姑娘，就假设有那清雅的油纸伞，她从彼巷来，穿过古城去，那些雨中柔柔的漾着暗香绵长的寂寞的青石板，旧色斑驳陆离的灰砖墙，皆与女子，与那丝丝垂挂的雨融为一体，那墙，那砖，那青石板，那风，那雨，那女子，皆成风景。此一刻，"幽巷深处有人家"的联想是止也止不住的来袭。

但是，如果你觉得才子佳人的浪漫，丁香油纸伞的浮想是古城的全部，那真的错了，古城正中高高矗立一位跃马扬斧的铜制大将军塑像，这位将军便是这座古城的由来，座下的铭文也可看出几分端倪，"金兀术（？—1148年），金开国皇帝完颜阿骨打第四子，名完颜宗弼。文韬武略，征战四方，出将入相，拜帅封王。曾担任太师、令三省事、都元帅，独掌军政大权，是辅佐熙宗对金朝政治制度进行改革的重要人物之一。死后谥忠烈，配享太庙。调兵山民风淳朴，事业兴达，诚为金兀术调兵遣将旺福之地，兀术街、锁龙沟因之得名。发掘历史，底蕴传承，塑兀术像，筑兀术城。兀术立马揭斧雕塑神人高大，金斧威猛，铁马精神，勇立山峰。展现敢于胜利的气概，寄托福佑兵山的情怀。"如今，金兀术，点将台的故事，在调兵山已是妇孺皆知，口碑相传。古楼在侧，日夜相伴，虽然遥望故乡远，想来将军不寂寞。

"日晚蔷薇重，楼高燕子寒"，暮色将近，再登彼楼，东眺之处，金兀术跃马擎斧的背影在夕阳下金光四射，似有万千兵马呼喊而来，高高俯瞰，却是古瓦青砖下的现世烟火。人头攒动，各色小吃摊已出动，香甜苦辣，咸淡清重，皆有可选。来杯扎啤，一饮而下，雪沫奔涌，贯穿于胸，再撸个小串，在氤氲的古风中，直喝至日暮天昏。

共君方异路，山伴与谁同，不记今古，一醉方休，便可解忧。

唐诗宋词话中秋

"蒹葭苍苍，白露为霜……"仲秋八月，西风挤过塞北羌关，一路南行，清露凝霜，鸿雁幽笛，残芳遍野，凋荷独立。芦荻无花秋水长，淡云微雨是潇湘。白露过后，便是中秋。南地还是淡云微雨，享受冬寒之前的最后闲适，北方却已芦花茫茫，黄叶遍地。

中秋节，是我国最重要的传统节日之一，"中秋"一词，最早见于《周礼》。据古代历法，一年有四季，每季三个月，分别被称为孟月、仲月、季月，因此秋季的第二月叫仲秋，又因十五日，在中旬，故称"中秋"。到了唐朝初年，中秋节便成为固定的节日。虽然南北风俗各不同，但赏月和吃月饼，却是中秋节的不可或缺项。中秋拜月因有祈求团圆之意，故亦称"团圆节""女儿节"。因中秋节的主要活动都是围绕"月"进行的，所以又俗称"月节"，"月夕"，"拜月节"。

也许，中秋节是众多节日中，最具收获意义的节日，所以从古至今，都甚为隆重。宋代民间就有"秋暮夕月"的习俗。夕月，即祭拜月神。中秋之夜，设大香案，摆上月饼、西瓜、苹果、红枣、李子、葡萄等祭品，其中月饼和西瓜是绝对不能少的。西瓜还要切成莲花状。在月下，将月亮神像放在月亮的那个方向，红烛高燃，全家人依次拜祭月亮，然后由当家主妇切开团圆月饼。切的人预先算好全家共有多少人，在家的，在外地的，都要算在一起，不能切多也不能切少，大小要一样。长安之内，满城人家，不论贫富老小，都要穿上成人的衣服，焚香拜月说出心愿，祈求月亮神的保佑。到了南宋，又发展为赠月饼，舞草龙，砌宝塔等活动。明清以来，中秋节的风俗更加盛行。许多地方形成了烧斗香、树中秋、点塔灯、放天灯、走月亮、舞火龙等特殊风俗。不过这都是凑彩，拜月才是中秋节的主流节目。

月为诗柄。说起中秋之乐，自然少不得咏赋填词，吟诗作对。故乡虽是一座小城，可也自有它的静谧清幽，街路之上，绿影婆娑，楼宇错落，花丛掩映。试想中秋之夜，满月高悬，清辉濯濯，花笼垂挂，海棠举头，串红争艳，必也是美到极至。乡外游子，思乡之美时，"举头望明月，低头思故乡"之句必会冲口而出吧？但思慕不可聚之侣也许有王昌龄式的幽怨表达"荏苒几盈虚，澄澄变今古。千里共如何，微风吹兰杜。"人生总是聚少离多，即使短暂欢聚，也令人于欢乐之中，突发离别之悲，如苏轼所言"此生此夜不长好，明月明年何处看。"念及至此，张九龄"海上生明月，天涯共此时"的境界倒也没什么不好了。有人可念，有人可思，即使辛酸泪，男女痴，总也好过麻木无感的日子吧。

我却独赏李白，"花间一壶酒，独酌无相亲。举杯邀明月，对影成三人"的情景，山间水侧，明月晚亭，一壶浊酒，三五好友，有即高山流水，无即邀月对酌，花暗影香，长空浩渺，击节唱和，玉盘莹照。大江歌罢掉头东，前尘往事皆可抛。"我歌月徘徊，我舞影零乱。醒时同交欢，醉后各分散。永结无情游，相期邈云汉。"该是怎样人生积淀之后的洒脱？酒要陈酿，人生易老天难老，独留岁月沁余香。酒愈陈愈香，人生磨难越重越知它的壮阔与华美。

中秋之夜，无论你是与家人朋友美食相叠，高谈阔论"帘斜树隔情无限，烛暗香残坐不辞。"还是心有所属，默祈着"但愿人长久，千里共婵娟。"快乐却是最重要的当下，世事沉浮，人生万重，快乐是一种境界，也是一种智慧。

乡愁殷殷锁龙沟

八月的阳光，炙热而任性，在钢筋水泥间恣肆徘徊。被高楼广宇弯折的目光梭巡城市间星罗清浅的绿。乡村的此刻，该是绿意葱茏的吧，经水跨绿的风也该有淡淡的青色，带着微微的沁凉……

也许，锁龙沟之行，便为着那一丝沁凉，追寻乡愁浸透的故园。

大碴子，二碴子，这样称呼的时候，我仿佛在叫自己的家兄。当车拐下公路，一路向西驶进村中，抬首第一眼，便是大碴子山，二碴子山。三面环山的锁龙沟，大碴子山是西北方向的最高峰。山溪形成的小河穿村而下，两岸杨柳依依，村鸭戏水。错落有致的民居，一丛盛放的黄刺玫令你眼前一亮，馨香仿佛已徐徐而来。直教人心暗忖，"黄四娘家花满蹊，千朵万朵压枝低。"千朵万朵依旧在，黄四娘家何处寻？感慨之余，小隐之心却又不期而至。院前桃花院后玫，篱舍其间，安静清幽，美哉乐哉，任谁也会产生择此一村终老的心思吧？

到了锁龙沟，西南沟水库是不可不去的。一汪碧水，青山掩映，炎炎夏日，飒爽的清风自水面而来，垂钓观景俱佳。有了这西南沟水库，

152

咱不必羡慕趵突泉，也不必仰望虎跑泉，这"土生土长"的大水库承载了多少童年的快乐。晒得黝黑的孩子光着屁股在水中嬉戏的喧闹声隐隐而来。守着山，守着水，最快乐的是孩子们。大自然与他们有着毫无阻隔的亲近。在这一片山与水中，他们自有自己独特的寻乐方式。小时和男孩子们一起玩，他们突地想知道狗是怎样游泳的，于是把其中一个小伙伴家的小黑狗往水里牵，无奈小黑死活不去，小伙伴就抬着把小黑给扔进水库里，只见小黑在水中仰着头，四腿猛蹬，不一会就游到岸边，抖抖身上的水，迅速跑开了。其中一个小伙伴说："这不就是正宗的狗刨吗？"惹得大家哈哈大笑。还有一次小伙伴在山上捉到野鸡，于是学着武侠小说的样子把鸡涂了泥巴放在土坑里烧，要做叫花子鸡，结果鸡没吃成，还被大人骂。当时的童真快乐多么令人难忘啊。

采蘑菇当然也是趣事一桩。端午前后，几场透雨，大松山上千万只蘑菇便隐身树下草叶间，等着你去采。采蘑菇的快乐只有亲历者才能体会，你在草叶间梭巡，突然一只肥厚可爱的蘑菇顶着小伞突现，当你把它们收入囊中时，那种惊喜和成就感可能比吃到蘑菇还开心。我的体会是"书非借不能读"，蘑菇非亲采不能解其味也。而在采蘑菇之余，如果你运气好，还可以摘到酸甜的桑葚，好吃的山梨，美味的糖李子，甚至能一睹簌突闪离的山兔的身影。

当然秋的锁龙沟也自有秋的意趣，登高望远，观红叶，采山果，"看江山如此多娇"。更有"故人具鸡黍，邀我至田家"的友情美食诱惑。就是于秋风习习中握一握生疏的镰，搂一抱金黄的麦，也是多么大的享受。那年秋天与父亲在夜色下割麦子，大膘的月亮，月光如水，四野静寂，只有我和父亲"嚓嚓"的割麦声。割完的麦茬垄和未割的麦地在月色下形成鲜明的映衬，如诗如画。我说饿了，父亲于是在旁边地里割了一把豆子，就着玉米秸给我烧豆子吃。那一刻夜半的炊烟一直在记忆里，每一触及，便生起无端的柔情与惆怅。那一夜的烧毛豆也是记忆里最香的。

如今乡村美食不必寻故人，未找杏花村，山庄旅游已成特色。翠色满眼，胃肠煎熬却煞风景，口干舌燥之际，一袭红灯笼沿山路蜿蜒而至眼帘，只疑桃源仙境，追索之心愈甚，及至近前，"龙腾山庄"几字已清晰可见。回廊晚亭，更有碾子磨盘勾引你的怀旧情怀。拾级而上，平房数间。家鸡山蘑，"笨蛋"野味，园中缀着水珠的青菜早令你馋涎欲滴。更有古旧的蓝碎花布，久违的炕席报纸墙把这种乡村情节进行到底。三五好友，围桌而坐，沁凉的扎啤，淳味的美食入口，有清凉的风自窗口而入，"随意春芳歇，王孙自可留。"这样的日子怕只是天上有。

　　"乡愁是一枚小小的邮票／我在这头／母亲在那头……"多年以后，离家的孩童已变成昱昱的壮年，乡愁的那头不但有母亲，还有站在母亲身后的故园。也许游遍名山大川，也许走过灯红酒绿，但只有锁龙沟，它是内心最温柔的铺垫，最厚重的支撑。只有在这座大山里，可以忘情嘶喊，听那自由的回声，只有在这片林里，有"竹杖芒鞋轻胜马，何妨吟啸且徐行"的情怀。

寻找鸳鸯湖的忧郁

出游总是令人心情愉悦，尤其是我所津津乐道的探古寻幽。周日休息，我们一家准备去探访端木先生故居。

吃过早饭，我们开车上路。车中放着那首《回家》的萨克斯曲，高楼被轻快的抛在车后，女儿在后座上忙着把心中的感觉寻找到窗外的风景，我和老公闲谈起要去的端木蕻良的故居。1912 年出生在辽宁昌图的端木先生原名曹汉文，但这个照片上和蔼爱笑的老者人生的大部分时间都是在北京度过的，1996 年在北京走过了最后的时光。早期的《科尔沁草原》毋宁说，与夫人钟耀群合著的《曹雪芹》影响深远。我想起书中写到北京吴桥正月十五元宵节的各色人等，丐帮，杂耍，声色市井，一番感慨涌上心头。

窗外三四只麻雀或昏鸦飞过灰色的柳梢头，没有了高楼广宇的阻挡，视线舒畅的延伸，原野和冰冻的河渠，枯黄的草在灰色的风里摇曳。

端木先生的家在老城镇，那是二十世纪二十年代昌图铁岭士绅聚集的地方，出身士绅家庭的端木蕻良自然也居住在那里。镇子里有带着乡野气的店铺，街道变得凌乱，唯一让我们窥见到他们从前的辉煌的是狭窄的胡同里有古旧的青瓦青砖的房，虽然门窗换过，但是仍有一丝远古的幽韵自那低矮瓦缝的蒿草中蹒跚而来。

应该是最近新修缮的吧，新鲜的红漆门窗，仿古的青瓦青砖墙，门口的牌楼上挂着"端木蕻良故居"几个字。小小的四合院，东面的房子里是起居室，里面是一些古旧的家具，墙上是端木先生的一些旧照片。新墙新地衬得这些经年的物件有客居的尴尬。我默思一刻，却并未找到当年的感觉。

走进端木先生的书房，一些旧的书架，笔架和笔洗，因为不能和先前我查到的资料相吻合，于是断定这些家具并非原物。打听老者，果然他说只是从乡下收到的，按原来的意思摆在这里。想到古老的泰姬陵，那衰败的一砖一瓦里隐蕴的历史回味，心里有了微微的叹息，一种未能在故纸堆中触摸到某种灵魂的失落，赝品终究是缺了灵气吧。

天色还早，老公说，我们去鸳鸯湖吧。好吧，那承载着端木先生忧郁的地方总是让人有探寻的欲望。

走过原野和高大的槐柳木夹道的村路后，我们来到了此路树镇。

镇子西面不远就是鸳鸯湖。路面变的旷阔，有了时尚的街灯和弯弯柳。我的脚步放轻，感受百年前少年端木的忧郁。薄雪覆盖的水域，灰柳凝立的汀洲，仿古的石桥与矮亭，原野陇袭依稀，北方乡村冬日的宁静与质朴扑个满怀。

走上海粟先生亲笔书写的苦芹亭，一高而觉四野低，栉比的村落迁回于苍黑的凤凰树中，风吹过湖边沉默的苇棒草，突然窥见那一片冷凝的忧郁，洁白的忧伤。时空刹那间回转，"一轮红橙橙的月亮，像哭肿了的眼睛似的，升到光辉的铜色的雾里。这雾便热郁地闪着赤光，仿佛是透明的尘土，昏眩的笼在湖面。"

我想像秋日的鸳鸯湖，豆黄的原野，翻飞的鸳鸯在水汀间。少年端木的目光越过这无波的水面，看见灰土地的凄楚与惆怅。白驹过隙，先生的"玛瑙和来宝"的忧伤早已沉落在风里，还有割豆子的女孩。

天边的夕阳渐浓，日子只有此刻鸳鹭湖一般的平静而悠长，往事袅袅如炊烟遁于历史的时空。

黑色的土地，哀伤的民众，先生自有那个时代发自内心的忧郁。

"清风吹歌入空去，歌曲自绕行云飞。"老公和女儿的欢笑在耳侧，鸳鹭湖的忧郁，我无法找到，我只有在这北方一月的乡村，追寻那文字里的相通。

与璀璨相遇的小镇上元节

常常想，一个人如果心中没有一盏明灯，那该多么晦暗，如果一幢房子没有灯火，家的味道也必将锐减，那么，如果一座城市没有灯火，美，是不是也只剩了白日的片段？元好问有句"西城灯火长安梦，满意春风似两坡。"可见，古时候的人已经注重灯火对城市繁荣的点缀。而曹组的"洞房灯火闲相照"就使灯火多了几分旖旎的小情态。

灯火，虽大可壮景，小可怡情，但真正作为主人翁地位的时候，年年只有那么一天，元宵节，古时又称上元节。那元宵节之名何来，许多人可能认为吃元宵吗，就叫元宵节。如果这样想，就主末倒置了，是先有元宵节，才有吃元宵一说。所谓元宵节，是因为正月是农历的元月，古人称夜为"宵"，所以把一年中第一个月圆之夜正月十五称为元宵节。

元宵节是中国的传统节日，早在2000多年前的秦朝就有了。据资料与民俗传说，正月十五在西汉已经受到重视，汉武帝正月上辛夜在甘泉宫祭祀"太一"神的活动，就被后人视作正月十五祭祀天神的先声。元宵，原意为"上元节的晚上"，因正月十五"上元节"主要活动是晚上的吃汤圆赏月，后来节日名称就演化为"元宵节"。元宵之夜，大街小巷张灯结彩，人们赏灯，猜灯谜，吃元宵，将从除夕开始延续的庆祝活动推向又一个高潮，成为世代相沿的习俗。元宵在早期节庆形成过程之时，只称正月十五日、正月半或月望，隋以后称元夕或元夜。唐初受了道教的影响，又称上元，唐末才偶称元宵。但自宋以后也称灯夕。到了清朝，就另称灯节。在国外，元宵也以 The Lantern Festival 而为人所知。

"今人不见古时月，今月曾经照古人。"正所谓古人有古人的乐，今人有今人的景。小镇的上元灯节，虽无"历历三洲灯火"的阔大，却也是"风景这边独好"的特有。沿街各种建筑物上的边饰灯，就不说了，自是异彩纷呈，各具特色。就是街路上的彩灯，也是大有学问，绿叶红旗灯，帆船灯，不但构思精巧，美轮美奂，且寓意丰富。还有雨丝灯，恍若银亮的雨丝，条条垂挂，给冬日的寒夜带来一丝丝浪漫，生肖灯，金猴迎春灯，热热闹闹凑这节日的趣，就是那沉蓝闪烁的圣诞灯塔也不甘寂寞的竭力眨着眼睛。"红红火火的日子啊，火辣辣的年。"中央大街火红的灯笼巨阵，还没进入，已是醉了，红色的灯笼花次第鳞开，仿如进入了一个红色的梦境，那种温暖和欣喜，引人回顾也令人遐想，那未来火红的日子仿佛已近在眼前，抚掌在手。夹路紫色矮灌灯，放眼望去，如紫浪微澜，接下来的白星闪烁又如银波小动，绿色的又像翠云漫撒，金色有如金茸初弥，最招人喜爱却又是街边灯树，绿色，金色，白色，紫色，荧光闪烁，使棵棵树木如梦似幻，再加上几个浪漫的大雪花，一个仙境般的世界就在这里呈现，车行其间，就如行驶在一个童话的世界，美轮美奂的浪漫，银花灯树千光照，月影清风含夜梅，直叫人心生"此生此夜不常有，明年明月何处看"之叹。都说上元节又叫走百病，走在这样美如仙境的街路上，"秀景可餐"，什么样的病也早好了大半吧？

赏景如解人，常有不识真面，只缘身处之感。那高高的兀术亭上寂寂的灯火却使你在喧嚣中有思考的君临。人生多的是"月上柳梢头，人约黄昏后"的小雅，"娥儿雪柳黄金缕"里，暗香已去，"众里寻他千百度，蓦然回首，那人却在灯火阑珊处"的垂思，有几人能解？唯登高处，寂静与喧嚣同路。

第四辑　杂感

边走边读的女子

在人群中你总会发现有些女子的不同，在姹紫嫣红的脂粉丛中，她们似默默的灯心草，沉静而深邃，无须喧哗，却总能让人在灯火阑珊处一眼 @ 住她。这便是读书的女子。

粗缯大布裹生涯，腹有诗书气自华，身无绮罗，却自莹然耀目，这也便是读书的女子。想那红楼巨著，个中女子千百年来让人怜惜难忘，总是与她们个个天生丽质，命运凄婉动人有关，但又与她们俱是才华卓著，遗世鹤立怎无关系？试想一个绝色女子，诗书满腹，出口成章，风花雪月，琴瑟未央，怎不令人叹为观止，连呼其妙？

史河如链，那些读书的女子却如珍珠闪耀其间。从许穆夫人到蔡文姬，从谢道韫到李清照，从卓文君到李季兰，那些绝世兰章为多少文人墨客所倾倒，至此须眉应回首，她们所有的风姿绰约不仅在举手投足的优雅，更在一笔一墨中的风流。她们生于尘世，却出于红尘，她们尊于俗世，却不俯首庸俗，她们以天性的灵善在文字的世界里徜徉，独守一份属于自己的自在与妖娆。

读书的女子对世事洞若观火，善感的心或而悲秋，或而伤春，然而她们的悲秋与伤春却都化笔为莲，吐纳芬芳，兰笺朵朵，留下传世华章。

读书的女子知书而达理，胸怀大气，喜欢那一份举案齐眉，少了物质的斤斤计较，多了内在精神的孜孜以求，她们不求聚光灯闪烁，哪怕在撒哈拉遥远的大漠也唱出人生羁旅动人的歌。她们不求炙手可热，只要一份天远地阔，云淡风轻，一杯清茶在手，只求日子如蝶，裙角盈香，细品烟雨人生。

读书的女子，也许有些特立独行，在某个不可知的清晨或黄昏，走在河内杂乱的街市，背囊里是感悟了的人生。悄然而至，悄然而逝的是岁月，心中怀有的是对世界，对万物，对己，对人一触即泪满襟腮的似水柔情，她们的心有时如朝露般晶莹澄澈，有时又如大海般深沉宽广。

读书的女子虽然不能如男子做到"国事家事天下事事事关心"，却也是"风声雨声读书声声声入耳"，"二十四桥明月夜"，"多少楼台烟雨中"，选好书而读，择善人而交，任世事沧桑，唯读书的女子，心卧浅草坡，看天边云卷云舒；唯读书的女子，在那油纸伞下，任世潮翻涌，静静走出一路睿智的芬芳。

呼兰河行——访萧红故居

　　提起笔，又放下，只是想静一下，再静一下，让过于充盈的情感发于笔端的时候，不至于过于杂乱无章，而无人能懂，许多事情与心情，经过磨砺与考证，依然在多年后如徽墨一般浓烈于心底。对那个叫做萧红的北方女子，即如此。

　　因为去大庆的一次公出，却促成了我久已期待的呼兰河萧红故乡之旅。

　　早餐是匆匆的，离开牛城宾馆便设定了去呼兰的路线。

　　沿途的湿地结着冰，像打碎了镜子，洒落在黄草间，阳光很灿烂，车子里放着班得瑞的轻音乐，想起许多小时候的事情。

　　第一次接触萧红，不是看了她的小说，而是偶然从书架上翻到的一本关于纪念她的文丛，那时的她应该是 40 年和端木蕻良一起之后，不知是否因为和端木找到了普通夫妻柴米间的温情，脸上是淡然的笑容。脚上穿着史沫特莱送她的旧鞋子。

　　知道她是民国十二才女之一已经是几年之后的事儿，许多当时的文化名人，鲁迅，柳亚子，胡风，叶紫，聂绀弩，丁玲，林徽因，张爱玲，都和她的名字排在一起，这令我惊奇。

而黑土地上的东北姑娘，这一唯一与众不同之处，又让我心生别样的情感，或者，因此，与她的神交，自此开始。在一种想要了解的迫切感觉下认识了她的《生死场》《王阿嫂之死》《欧罗巴旅馆》《雪天》《呼兰河传》……从此一发不可收。

作为奴隶丛书的《生死场》奠定了她抗日作家的地位，不可否认，这是萧红一生作品的主流，但是，我的内心其实更喜欢她的另一个称谓"三十年代文学洛神"，鲁迅在评价她的《生死场》时说"北方人民对于生的坚强，对于死的挣扎却往往已经力透纸背；女性作品的细致的观察和越轨的笔致，又增加了不少明丽和新鲜。"这种明丽和新鲜却在《生死场》之后的文字里得到了更鲜明的体现，写作《生死场》的时候，她的文字是泼辣辣的，初生牛犊不怕虎的倔强，在《呼兰河传》，却有了对命运更深一层的思索，尤其是女性在社会中的命运，她的文字透着悲悯，温情和凄凉，有悲剧的感伤，让人在泪雨凄迷中难以割舍。尤其她的散文《欧罗巴旅馆》和《弃儿》更体现了这种悲剧性的震撼力量，而那种细到极致，朴实到极致的描写，也令人深深共鸣，无法忘怀。在《呼兰河传》里，她像一个多情思家的孩子，柔情的笔写尽了对故乡和过往生活的眷恋和热爱，茅盾说萧红的《呼兰河传》，"一篇叙事诗，一幅多彩的风土画，一串凄婉的歌谣。"

感情的坎坷，现实物质的冷酷，使她柔软充满热烈感情的内心，受大了巨大的创痛，她的文字变得越加悲凉。"多情总比无情苦"。也许，这也是她对于自己当时的现实生活陷入极度迷茫和困惑时，一种精神上的慰藉和悲剧认识的一种转嫁。许多人不理解萧红在西安的时候，为什么没有和丁玲以及聂绀弩这些好友去延安，而是选择与端木蕻良一起去了重庆，她当时和萧军的感情已走入了穷途末路，不能说没有这个原因，但是最主要的，萧红，她从来都是一个人文主义作家，而政治对于她并不适合。

心沉在很久以前的岁月里，行走在现代的路上，总有种很奇怪的感觉。走过了一段正在修的土路，导航说前面是呼兰河了。灰蒙蒙的天空，使我在接近萧红的故乡时，内心突然涌上一种无由的哀伤。也许想到了王阿嫂的死，也许想到了小金铃子，也许想到了欧罗巴旅馆里的萧红，想到了那个被祖父喊做荣华的倔强女孩子，在生命的最后，只能面对无边阔大的海水，迎着海风，诉说对北方遥远黑土地上故乡的深情……"人言落日是天涯，望极天涯不见家。"

呼兰河边弯弯柳黝黑的躯干顶着黄雾般的头巾，枯白的草展伏在河畔的柳树下，一切还是在我的视线里模糊起来。

车子向着萧红的家飞奔，……呼兰河已经渐远了，这里是萧红梦回乡关的一部分，可是，河中的哪一粒沙又是她思想的灵魂幻化而成？

"半生尽遭白眼冷遇，……身先死，不甘，不甘……"呼兰河在这冬日里已经冷凝了沉静，可是，七十年前你可曾听见游子啼血的呼唤……

下了造纸路就到了萧红的家，远远看见路牌，阔大的停车场，紧邻呼兰区政府，图书馆和萧红纪念馆，站在门前看，一些概念化的东西令我心中陡生失落，青砖灰瓦的墙，黑色的门楼，而我在萧红的文字里，知道那原是长了蒿草的土墙头，也没有门楼，因为遗憾与怀想，心底有几分叹息。

走进故居的门前，心怀敬仰。"萧红故居"几个字是陈雷题的，可是门是关着的，去旁边的售票处，也没人，有些疑惑，问了广场遛弯的老人，他说今天大概闭馆，于是慢慢沿着外墙走回门前，心里郁闷起来，从门缝往里张望，看见萧红汉白玉的坐像，我下意识的看了看门缝里的门闩，把手伸进去拨了拨，令我惊奇的是，门竟然开了，也许是冥冥中的缘分吗？

第一次这么近看萧红的像，汉白玉雕成，萧红手握书卷，右手托腮，坐在太湖石上，目光远眺。端详了一会，感觉过于俏丽，心中感叹，雕像对于那才气立天的女子，终究少了几分灵气。

院子里是橱窗，石碑，纪念品室。越过院子，是正房，也是这位民国才女的诞生地，脚步轻轻的，有恐惊先人的崇敬。

进去迎面是一个大大的穿堂，有老式的灶台，灶台左手边是萧红父母住的房子，老式的桌椅柜子，有炕，墙上是照片，她和母亲的合影，还有和萧军及和朋友的照片，奇怪没看到她和端木的合影。

炕上有装炭火的泥盆，里间也是大炕，地上摆着有梳妆镜，这是典型的旧时乡间富裕家庭的陈设。

萧红就出生在这间屋子吗？100年前的端午节？环顾四周，静悄悄，听不到历史离开的脚步……

这也许所谓沧桑。这间房子的对门就是萧红祖父母的住屋，格局和她父母的大致一样，看见大炕想起萧红说祖母生病在炕上用炭盆里的火熬中药，顽皮的萧红，生气祖母用针尖刺她手指，敲了隔板吓唬祖母的事儿，仿佛听见一个长袍利落的老太太追着一个小丫头骂她"小死脑瓜骨儿"的样子。

出了穿堂，到后院，后院是萧红童年所有乐趣和寄托所在，没看见她说的大倭瓜，也没看见倭瓜花，隆冬吗，北方已是冰天雪地，所以也没见星星丛，举目四望，篱笆也不见，也没了月洞门，也不见了童年萧红和有二伯都经常偷偷光顾的小仓房……只有一棵榆树旁雕着幼年萧红和祖父嬉戏的照片，许多原貌在修葺后，都不见了。少了自然的东西未免令人寡味……留了一地憾意走去西院。

这里是发生了许多故事的地方，萧红在《呼兰河传》中满含深情又凄楚的写道，这里有养猪的，漏粉的，还有拉磨的，"我家的院子很荒凉，……那拉磨的夜里通夜打着梆子，拉磨的唱秦腔，养猪的还拉胡琴，漏粉的在晴天唱《叹五更》他们虽然是拉胡琴，打梆子，叹五更，但是并不是繁华，并不是一往直前，并不是他们看见了光明，或希望着光明，……他们看不见什么是光明的，甚至于根本也不知道，就像太阳照在瞎子头上，瞎子也看不见太阳，但瞎子却感到实在是温暖，……"

萧红的内心对这片土地深深的热爱和怜惜显露无遗，如今，人已远去，而那些马圈，磨坊，古井都还在，让人的内心起了无尽的唏嘘。

走出了萧红眼中满载人生百态的西院，她的故居之旅也就差不多了，天依然灰沉沉的，抬头看见院旁鳞次栉比的高楼，一些喧闹，一些悲欢都远去了，经纬和位置不会改变的地球上的这片土地不断有新的故事发生，只是故事里再没有那个叫做张乃莹的才气传奇女子的戏份。

在一丝莫名的怅惘中，走出大门，发动车子的瞬间，回望一眼，来了走了，都没有震动，平静着一颗心，想起萧红的一首诗，"那边清溪唱着，这边树叶绿了，姑娘啊！春天到了。"可是这多情的姑娘，永远留在了异乡的土地，但是，她留下了春天般的文字。而且不朽。

回首再望，院墙的一角已渐次消失在视线，心中却既无留恋亦无陌生，"隔水青山似故乡"，大概是因为梦中来过这片土地无数次了。

秋来趣做女郎樵

秋可真是个复杂的季节，文人墨客遇之多悲，农人盼之则喜。我等草民，薄田无有，胸墨更无，唯清茶半杯，观观秋景，倒也乐得自在。

上下班途中，看远山秋林红黄濡染，诗云"霜叶红于二月花"，此言不假，看着车窗外如火如荼的红，这份热烈在我心里燃起熊熊的欲望之火，只想一把拥这多彩的秋在怀。

时不我待，实际上是我可待，秋不可待，说不定哪天秋风一起，叶子就落了，岂不是错过一次与美的亲密接触？于是选一个周末，我与老公结伴上山。再没这么好的天，秋高气爽，碧空微云，空气里有秋露打过的枯草夹杂泥土的味道，我深深的吸了一口，常居城市，灰天雾地，整天吐纳 PM2.5，仿佛整个人都变成灰的了。吸一口泥土香，看一眼自然景，纵使城市里的颜色多么多彩，怎么能跟这自然的美相比呢？这种真实自然的美直扑胸臆，一下就有了万千思绪，一下就有了莫名的感喟，莫名的诗怀。

我和老公像两个顽皮的孩子，又像两只出笼的鸟儿，我看见山边有一丛红色，凭着小时候的经验，那一定是可吃的野果，于是我不做声往那奔，老公看着我滑稽的样子，笑着喊道："干吗呢，像个兔子似的，跑得那么快？"老公呢，他反方向，朝大地跑，我跑到那片红色面前，果不出我所料，是一棵山枣树，好多枣都熟了，我开心的哈哈笑，不过我有经验，枣树上爱有洋辣子，一种浑身是毛的小虫，要是沾上了会又痛又痒，我哈哈大笑朝着老公喊："这里有吃的！"老公果然中计，他手里掐着一撮东西跑过来，看见面前的枣树，他说："你别动，等我给你摘，有虫子蛰手。"原来他知道，我嘿嘿的乐，指着他手里的东西问："这是什么？""长瞎的高粱穗，人家不要的。""那你捡来干吗？""一会你就知道了。"他大男子主义又上来了，不肯跟我详细解释，一副我什么也不懂的样子拿出来。

摘完了山枣，我和老公一下扑进了面前这幅水墨画里，微风摇起，叶声烁烁，像是万千的叶子在致欢迎词，她们有的羞红了脸，有的半青涩，我兴奋的摇摇这棵，摸摸那棵，直想跟他们问声好，"前世，我频频回眸／挥别的手帕飘成一朵云／多少相思／多少离愁／……今生，我寻觅前世失落的足迹／跋山涉水／走进你的眼中／……／我用一千次回眸换得今生在你面前的驻足停留……"想着席慕蓉的诗，我抱住其中的一棵，暗暗说道："前世，我曾在你面前一千次回眸。"老公看看我，"那么暧昧的笑，莫非你爱上了这棵树，下一个轮回要跟佛祖求一求？"我翘起大拇哥："你真聪明，下辈子我就嫁他了。"老公冲我翻白眼："你也不怕我把你的情郎给樵喽？这么快就想逃脱我的魔抓……"他做出一副凶神恶煞的样子，我哈哈大笑着跑开了，当然很快忘了我"下世的情郎"。坐在这幅秋意甚浓的水墨画中，我觉得自己都快美的入画了，我对老公说："你看，对面山上的更美。"老公说："知道为什么吗？"我说："为什么？"他说："人永远这山望着那山美，还有不记得那首诗吗？不识庐山真面目，只缘身在此山中。你身在美中，反而不能全面领会它的美了"。我点头深以为然。

他递我手中拿的那撮高粱穗，我说："干吗？"他说："扫点红叶呗，把秋天带回家！"我恍然大悟，别说，老公的土制扫帚真好用，这个场景令我想起了丰子恺先生的那幅画《满山红叶女郎樵》，那年的女郎扫的也许是生活之需，如今，我扫的可是精神之需，这片片扫回家的红叶，因为承载着美丽秋季的美丽记忆，是否会如子恺先生的那幅画一样不朽呢？

四妮的布棉鞋

"四妮，这又是你长姊给你做的新鞋？"我开心的跑在雪地上，常被隔壁或村子里的大姨婶子们捉住手，她们一边问，一边用手䃅䃅掉鞋上的雪沫子，羡慕地问。

长姊是村里有名的心灵手巧，那时候买成衣的人很少，衣服鞋子，一年四季的穿戴，都要靠双手来完成。长姊有这样的能力，她没有学过裁缝，但拿来一件衣服，她看看样子，琢磨一晚上，第二天她就能照着样式做出一件来。

我们家虽然穷，可我和姐姐穿的都"很潮"。那时候所谓的潮，就是长姊看见报纸或者画报上的小孩子的穿衣服样子，就会给我和姐姐做，这简直羡慕死那些同村的小伙伴了。

秋季一到，长姊每天晚上忙完家务，就坐在窗前的油灯下，把一缕缕的麻在腿上刺啦刺啦的搓，搓成麻绳，她的腿梁总是被麻绳搓的红红的透着血丝。搓好麻绳，长姊用它在黏好的布鞋底上一针针的纳，纳的密密的针脚，一个用来穿眼的带木柄的小锥子，木柄被她磨得光亮亮，滑溜溜。纳好了底子，她就开始做鞋，找出好看的花布做鞋帮，她有时突发灵感还会在鞋帮上加各种好看的花边。那一年，她把爸爸一个不戴的旧棉帽子拆了，把上面的毛毛边拆下来，把我和姐姐的棉鞋都裹上了这种毛毛边，穿上以后就不冻脚脖子了，还特别的洋气，我每天穿出去都有好多人啧啧的称赞，有好些日子我因此都兴奋的梦里乐醒过来。

以后渐渐大了，家里条件好起来，长姊不再没完没了的搓麻绳，纳鞋底，自然也就不再做鞋了，因为我们都买鞋穿。她把那些没做完的鞋底都放到了柜子底儿。

我们穿着买的鞋子回家，长姊说，还是机器做的好。然后叹息一声，脸上露出满足的笑，仿佛那新鞋子是穿在她的脚上，可我总也觉得长姊的笑容里有一丝失落。

那年秋天，长姊出嫁了，我们收拾她留下的东西，发现箱子底儿码着一摞摞崭新的鞋底，有的还是半成品，我轻轻抚过，仿佛上面还残留着长姊的手温，莫名的眼泪就流了下来。

以后看见街上卖布鞋的地方，我都会不自觉的走过去，我抚摸着那崭新的鞋子，可是不会买，因为感觉不到温度。

这世上，只有长姊做的鞋子是最暖的。

鞋子与脚的嫁与娶

　　人生就是一场行走，赤脚的少，穿鞋的多。每双鞋子来自某个时空，某段路。一开始是某个设计师的理念，然后是生产线。然后是承载了一个销售商的喜悦到了你的手上。携手你的脚正式苏醒，抒写一段只有你和它明了的故事。

　　氤氲的旧鞋子，氤氲用来形容一杯热茶，或滔滔江上春日的水雾，又与鞋子何干？可我就是想用它来形容好多好多双旧鞋子，因为蒸腾的故事总像雾一般把你带进回忆的迷茫。

　　我人生的第一大宗消费就是买了一双鞋子，一双我仰慕已久的皮凉鞋，鞋子的样式没甚可夸赞甚至有些老套，可我喜欢上了那鲜亮的红色，我觉得我与它一见倾心，彼此有除却巫山不是云的味道。它每日在橱窗里可怜巴巴地望着我，只希望对我这双脚的拥有了。百转千回之后，我用二年的压岁钱换回了它。

　　我还有一双从没穿出去过正式场合的鞋子，一双可爱的绣花软缎鞋。可爱的淡粉色，绣着满帮的小碎花，还有翻飞的小蛱蝶，现在看来那双

174

鞋子是潜含着小小的暧昧情调的。确切的说两方面原因使这双鞋子沦为彻底的观赏物。一是太小了，穿上后脚后跟会遗留在外。二是我怕穿上那东西被人认为是从古墓或博物馆跑出来的。这双鞋子来自我的奶奶。还记得我小时候她坐在院子里那棵枣树下一针一线缝的样子。枣树黄细米一样的花散着淡淡的香笼在她身上。我蹲在她脚前，等着推她滑到鼻尖的老花镜。她抿着无牙的嘴笑，皱纹伸展成原野上四处奔流的小河。后来奶奶去了，留下的鞋子成了回忆的例证。

我的柜子里还有一只鞋子，它只剩了一只，一直圆头奶油色小鞋拖。圆头上是一只可爱的蹦蹦兔。那年上大一的我穿着它独自去苏州旅行，为了挣脱不怀好意的三轮车夫的纠缠，我拼命跑上一辆公交车，惊魂未定的我坐下来才发现自己跑丢了一双鞋子，当着满车人的面我委屈的放声大哭，看到自己穿着一只鞋的狼狈样子，又禁不住好玩的哈哈大笑，满车的人俱看着我这个外乡的小姑娘。

售票阿姨走过来问明情况，特意拜托她开出租车的弟弟送我到宾馆。因为这是一只承载了悲喜故事的鞋子，为了纪念我的人生第一次旅行，虽然只有一只，我还是留下了它。

这么多年，各种各样的鞋子到我的生命里来，尖的，圆的，长的短的，布的皮的，塑胶的，高跟的，平底的。无一例外与我的脚亲密接触，你选择了一双鞋子，把它从冰冷的橱窗带回家，它便濡染了你的灵性。你的脚在一双鞋子里时，你是那双鞋子的全部。行走的人，鞋与脚永远是相依相存。

配合默契的鞋与脚走出的是轻盈，不合脚的鞋与不合鞋的脚走出的是跟跄甚至是鼻青脸肿。

所以，女生爱买鞋子，一双脚的幸福是寄托在鞋子身上的。合鞋，才能走得好。

一转身就是一辈子

　　黑暗的夜，女孩拉着行李匆匆走下车，在站台昏黄的灯光中，笑着向我挥手，然后拉起行李，转过身，夜风吹起她的长发，半长的风衣角在夜风里飘。

　　她去走她的人生，而我也有我的，突然想起《楞严经》中阿难尊者的一段话，"我辈飘零生死，旅泊三界，示一往还，去不再来。"真的，人这一世的缘，本无常，哪怕是与一枝花，一棵草，一个季节的缘分，去亦不再来。相遇的人，相遇的事儿，一个转身，便从此山河阻断，万象迷离，一辈子也未必在茫茫人海中再寻得见，一转身真的就是一生。

　　火车呼呼，在夜的轨道上穿行，刚才的对座已人去座空，仿佛她讲述的那些故事都随之而去，恍若一场梦境。许多的似曾来过，最后都幻化成梦境吧？

　　还记得与母亲最后的一面，二大伯赶着小马车，爸爸陪她坐在车上去姥姥家看病，门口桃花树上的花瓣纷纷落了她一身，我靠在姐姐怀里，嘤嘤的哭着看她向我挥手，如果我知道那是与她最后一面，我一定会笑给她看，要笑得像三月的春花，我要与母亲笑着做这尘世的道别。那样一个尘世的转身，我不愿在哭泣中进行。

在生命的流年里，渐渐有许多的离别，有老师，朋友还有的是同事，逐渐的由感伤而变得认同，就像翻过一页纸，或者，就是尘世的一个转身。由此越发知道，生而可共同悲喜的可贵，去而阴阳相隔的无奈。有时候，听一首伤感的萨克斯，翻手机里那些信息，一条条删掉那些已离去的人，然后练习忘记，幽幽的痛自心底起，似冷风吹过刚愈的伤口，生命不过是无数个转身啊。

以前看过一则日本的谚语，就是说两个素不相识的人，哪怕是擦肩而过，也是一种缘分。经年的故事，使我既学会了重缘，亦学会了淡缘。珍惜每一份可以相守的缘分，看淡每一次注定的转身。

怎样的沙子成了金

三年前，一个并不经常谋面的朋友打电话给我，要跟我喝一杯。

在小酒馆落座后，他的第一句话就震住了我，他说："柏柏，我刚刚递了辞呈。"他在我眼中一向是个持重的人，这么大的事儿，怎么没一点先兆呢？况且他在机关工作，也算熬到了中层，稳定待遇好，即使没大富大贵，在朋友圈也数得上，我当时心里充满了疑惑还有担心。

朋友辞职后，自己开了一家装裱店，开业那天，他开心得不行，他说他从小就喜欢黏黏贴贴，一干起这个来就觉得有无限的想法和创意。但我还是觉得他有点亏，这样选择，不等于把先前的人脉和积累都打水漂了吗？

三年后的今天，我却一点不怀疑朋友的选择了。我刚在电视上看了颁奖晚会，他被市里评为十大青年创业标兵，他的装裱店都开成了连锁，有几十家分店了。名利双收，也有了精神上的愉悦，我又想起当初劝他时，他对我说的一句话："柏柏，现在的生活并不适合我，我在这样耗下去，用不了十年，我就是想去创业，也已经激情不在了，我只有做自己喜欢的事儿，才可能开心，才会有激情。"

无独有偶，前些日子读了一篇文章，说印度孟买街头曾经有一个流浪的孩子，为了能进图书馆读书付出了很多努力，最后他不但被获准可以进馆读书，还被聘为图书管理员，可是印度内战期间，他发现自己更大的兴趣是为大众服务，而不是坐在这里打理图书，于是他毅然放弃有稳定收入的图书管理员工作，这对一个曾经难以温饱的孩子是需要极大的勇气的，进入志愿团后，他竭力为普通民众的利益摇旗呐喊，并进入政坛，这个孩子就是纳迪，现任印度总理。纳迪曾经说过一句著名的话"没有什么比从事自己喜欢的事儿更让人快乐。"如今印度以致全世界的人都看到了纳迪执政后印度的改变。而如果纳迪一直在孟买的那家图书馆里，做一名图书管理员，相信对于纳迪自己和印度都将是一个遗憾。

还记得看过的日本杂物管理咨询师山下英子的那本书《断舍离》，其中，断＝断绝不需要的东西，舍＝舍弃多余的废物，离＝脱离对物品的执着，"断舍离"的要点之一在于，要以思考自我真正需求为中心，而不是成为物的附庸。

它本是一本指导人们处理杂物的书，现在却已经扩展到一种生活理念，我觉得这种理念也可以指导人们对自己未来道路的选择。是勇于"断舍离"，听从内心召唤，还是类比僵尸，混日子，被过得去的外在物质生活温水煮蛙。每个人的人生之旅都是单程的，说短也短，要长也没多长，真正精力充沛可以做点事情恐怕就三二十年，这三二十年其实是稍纵即逝的，观望两年，犹豫两年，再后悔两年，基本就没什么机会了。

如果一辈子还想做点事儿，那么就必须割断个性里的懒惰，不思进取，舍弃贪图安逸的思想，做个行动派，离开使自己丧失追求理想和价值感的温柔乡，我们常常感叹别人的成功，成功真的不容易，要有机遇，要有意志力，最重要还要有勇气，迈开脚走得时候，你脚下的叫路，一直原地踏步，怎么会有路呢？

随随便便做点事儿，你不难生存，可是如果要实现理想和人生的价值，从一粒沙子变成金，那么就必须要勇于"断舍离"，像我的朋友和纳迪一样追求自己真正想要的生活，才能激发最大潜力，朝气蓬勃激情四射的活着。

第五辑　美厨

北风吹，豆包黏

北方乡下的日子讲究三大缸，夏天的酱缸，秋天的酸菜缸，冬天的豆包缸。立冬的第一场小雪刚过，包豆包便提上了日程。

北风在窗外呼呼的吹过，炕热乎乎的，身体的哪一个部位都在暖和和的被子里很慰贴，新糊的洁白的窗纸透着月光，窗上沾着鲜红的窗花，耳边听着爸妈絮絮的一声长一声短的闲话着，"明天把人找好，包黏豆包吧……"闻着炕头发酵好的酸中带着甜的黏米面味，嘴巴里还回味着白天偷吃面面的红小豆的香味，沉沉睡去，梦里全是香甜的黏豆包。

一大早在井轱辘吱扭声，厨房噼啪烧柴声中惊醒，赶紧一咕噜爬起来，日已上三竿了。

草草吃过早饭，爸妈已经请好的三姑四舅五姨这些亲戚都陆陆续续的来了，他们说笑着，洗了手，炕头炕梢的围着一个大桌子坐了，开始包黏豆包，妈妈负责把一盆盆冒着热气的红豆馅，黏米面端上桌子，随着一双双手翻飞，豆面和豆馅变成了一个个圆溜溜的豆包，妈妈手脚不停的往下捡豆包，往上端馅面，爸爸在厨房把锅灶底下的火烧得熊熊的，平时的大锅现在也变了模样，加了一个巨大高耸的锅盖，这就使锅可以加好多层帘子，锅盖上围着稻草编织的锅圈，热气不停地从锅圈挤出来。

妈妈不断的把豆包摆好在帘子上，爸爸坐在那里不停地烧火，一会就听见他喊一声："起锅了。"哥哥就急忙把手上沾了冷水，揭开锅盖，把一帘帘黄亮亮的豆包端到院子里早已搭好的大排档上。这时候，屋子里有人会问："黏不黏？"我一定要大声响亮的说："黏！"这是家乡的习俗，黏，就是黏住幸福吉祥的意思。

然后我守着那些豆包，北方的腊月里是寒冷的，豆包一端出去，刷的一下，就被冻得绷皮了，之后它就不再黏手，我把它们一个个的拨拉到大排档上，把腾出的帘子，重新摆好豆包再蒸下一锅，我的手冻得通红，可是很兴奋。

摆好豆包，我还要一个个给它们点花呢，瓷质的小酒盅里，一块棉花用红色的染剂已浸泡好，我用一只八角，在瓷盅里蘸一下，在豆包上点一下，一朵红色八瓣花就开在黄亮亮的豆包上了，像一个个俏皮的小丫头。尽管冻手冻脚，可我却开心的屋里院子里跑，这一刻，眼里全是开满八瓣花的黄亮亮的黏豆包。心里愿意这场景一直继续下去，香喷的豆包一直包不完。

可是天一黑，我就睁不开眼睛，大家还在腾腾的热气中忙碌谈笑，我不知何时趴在热炕的某一个角落呼呼睡去了。梦里我还在给那些豆包点花，它们突然都活过来，梳了小辫子，满院子围着我载歌载舞。第二天醒来，豆包都进了缸，堆得高高的，对我绽放八个瓣的红彤彤的笑脸。

包豆包的情形已好久不见，但那样的日子，快乐而简单，像豆包一样黏在心上，开在记忆里。

步步酥心

有编辑老师邀我给《集味录》写个短篇，介绍家乡的美食，我一时有些蒙圈，本山大叔的小品众所周知，可舌尖上的铁岭是什么？看着一脸茫然的我，"当然是火勺啊，"老爸毫不犹豫的说道。一句提醒梦中人，火勺那种酥与脆伴着牛肉的香在颊齿间流窜的感觉立刻在脑中复苏。

物质大丰富的年代，味点很高，食欲难得，我岂能放过，立刻杀奔附近最有名的丁记火勺店。

不是正经吃饭点，店中人不是很多，我选了个靠窗的位子，叫了十个火勺，一大碗羊汤，几碟小菜，不一会火勺汤菜俱齐，看着焦黄的火勺，闻着扑鼻的香，我急忙咬了一口，啊，美味啊，千百层酥脆的面和香香的牛肉在舌尖汇集，两个字，香爽，三个字，很香爽。我大快朵颐。由于人不多，店老板看我吃的开心，就过来攀谈，问起火勺的做法，他一一做解。

首先，取白面，如果是两个人，一小碗就够了，加水和成面团，省十分钟。再取一碗底白面，倒入放了凉油的锅中，慢慢炒成黄色，小火，千万别糊了，炒好放入碗中备用，这就是酥。取新鲜的牛肉150g，剁成肉馅，放入洋葱末（一个洋葱就行），姜末，精盐，料酒，味精，酱油，植物油拌匀备用。将面团擀成饼，要大些，然后将酥均匀地撒在饼上，把饼从一端卷起，卷成条状，然后再从条的一端卷成团，不断地揉，周而复始，此时你要像对待阶级敌人一样对待案板上这团面，毫不留情的揉捏，直到酥和面就像血肉融合你中有我我中有你一样亲密无间为止，那样子，你懂得。

接着你将面团揪成均匀大小的小段，北方人管这叫剂子，包饺子有饺子剂子，烙饼有饼剂子，当然这就叫火勺剂子，剂子用手揉成圆的饼，用擀面杖擀成面皮，放入拌好的馅，包成包子，把包子脸冲下放在面板上，轻轻擀压一下，就成了，这里要注意的是，饼要小，4cm左右，所以面皮也一定要小哦，我们铁岭的火勺可是小巧玲珑，男女老少皆宜的。太大个，淑女如何用得？然后就是煎制了，锅中放底油，油要多放，否则烙出来的饼就不漂亮了。烙的时候先大点火，当饼贴锅的一面变硬后翻面，当两面都变硬后改小火，慢慢煎至变黄，那种闻着渐浓的香气，看饼由白色渐渐变黄的过程真是享受啊，既有对美味的期待，又有成功的感受，就像谈一场恋爱一样美好呀。现在呢，面对外酥里嫩黄亮亮的，喷香的火勺，你需要一碗热气腾腾的羊汤或者几碟鲜脆的小菜搭配，俗语讲的好，花要绿叶衬，一个好汉三个帮，光是火烧是没法成就一顿美餐的哦。

人这一辈子，无论你伟大或平凡，都无法脱离吃穿住行的烟火红尘，历史上从苏东坡到张大千，都是超一流的吃家，那首著名的《食猪肉诗》"慢着火，少着水，火候足时他自美。"就是写的东坡肉。所以吃也是一门艺术，吃谁都会，可要吃得好，吃的有格调，还是一门学问的。

相信马年你吃了这外酥里嫩的火勺，就马上步步舒心了。

初冬那碗靰子粥

距今 400 多年前，来自赫图阿拉的爱新觉罗·努尔哈赤横扫女真，统一北方。那时的北疆大地，阔野千里，群山连绵，水脉通达。女真尚武，以游牧为生，征战为荣，性格豪放，如汉人那样，鏖战之时，生死之间仍吟唱"正为鸥盟留醉眼，细看涛生云灭"是不会有的。饮食也是崇尚自然粗放，"芽姜紫醋炙银鱼，雪碗擎来尺余"不是他们的菜，他们是大锅的肉，大碗的酒，香也热烈，辣也甘醇。

某年曾去沈阳故宫，见过皇太极与大妃宴客的地方，内间通铺，外间大锅，传说宴客之时，外间大锅煮着整只的鲜牲，肉香扑鼻，有侍者不停地端大块的肉上来，用黄油纸包了，由皇太极掷给通铺上跪着的众臣。由此其饮食个性可见一斑。

祖母满人，正白旗，高个大脚板，头顶髻，稀松，颤巍巍，顶发落，露一鸡蛋大头皮，瘦削，背微弓前倾，走路如风是她晚年留在我记忆里的一道风景，祖母一辈子尊满礼，擅满族饮食，我尤喜她的靰子粥。

初冬是乍寒还暖天气，在冷风里走回家，突然想来一碗暖暖的靰子粥。

切肉，煮汤，下米放调料，手撕了白菜，有红有白，还有绿，整个一清莹剔透阳春白雪。翻出高压锅伺候，少顷，香味溢出，等着老公女儿，心中自是美美的得意。

粥盛出来的时候，女儿看了看："妈，我今晚减肥。"溜回房间，吃她的汉堡配摩卡。老公没逃，一边坏笑，一边用内含丰富的眼神瞄我，仿佛这碗粥使他付出了多么大的代价。盯着眼前那碗热腾腾的鲦子粥，心中小郁闷，奶奶的鲦子粥，为何那么香？

小小的乡下院落，木窗土灶，门框上挂着晒干的黄绿丝瓜片，还有串串红辣椒，空气里弥漫玉米和大白菜的清香。这时候，祖母就会给我捎信来，喊我去吃鲦子粥。

去的时候，奶奶都在忙碌着，切了新鲜的五花肉，寸许方丁，精致小巧，放在灶上煮着，当香味从小铁锅木头锅盖的缝隙里飘出来。她会把洗净的大米和粉红肥胖的饭豆下锅里，肥嘟嘟的粉豆在汤中不情愿的上下翻滚，一会儿祖母又把白菜和一些干菜也倒了进去，锅里的菜与肉，米与豆，热烈交集，等待锅底的火熊熊的，我像个屁屁虫，跟在祖母屁股后，祖母一直乐颠颠的，可是粥上了桌，她却只看着我吃。

如今祖母做不了鲦子粥了，去年祖父去世，她自己去地里收菜摔了一跤，从此就躺在了炕上，前几日我去看她，她拉着我的手，说："妮儿，奶奶不能为你做鲦子粥了。"我说："奶，我自己会做。"祖母呵呵的笑了，可是我一转头泪水流出来。我想念祖母的那声"妮子，来喝鲦子粥了！"那个小院没有了祖母，也没了诗情画意，满是凄凉冷落。锅灶冷着，灶下没了熊熊的火，厨间没了祖母在氤氲的热气间忙碌的身影，这厨房便颓败没生气。一切都失了魂，少了灵气。

就像我面前的鲦子粥，诞生在干净现代化的厨房里，可是却没了那份香，氤氲的热气中一种淡然的落寞。是缺了欣赏它的人，还是因为这喷香的鞑子粥原本属于那古朴的院落，应出自那纯朴的人？

　　万木萧肃，无际苍原，努尔哈赤石灶下的那锅鞑子粥是最香甜的吧，落日晖晖，人喊马嘶，这都成就了那锅鞑子粥的灵气，因此粥与人之间有了某种默契，某种尊重与膜拜，那粥应该是就着某些精气儿和传奇吃下去。我终于明白了奶奶鞑子粥的香。

红泥小火炉

　　我奶奶13岁嫁给我爷爷，奶奶爱说的一句话是"俺爷爷当年那也是正白旗的都统，想见就见得到皇帝爷面儿的人。"祖奶奶不做声，她在炕沿上梆梆梆磕旱烟袋，奶奶就低下头轻手轻脚的在她烟袋锅里装上烟丝。

　　我奶奶一辈子都穿带大襟的大褂子，到膝盖那里，挽着髻，年老头发稀的时候，露出一块头顶，髻便摇摇欲坠的，配着方圆的脸，像足了动画片里的日本浪人。

　　据说我奶奶嫁过来的时候没有什么陪送，因为她是他爹赌输了钱，我祖奶奶用银子赎来的，来的时候只用个小包裹裹着个物件抱在怀里不撒手，祖奶奶抢过来打开一看，原来是个红泥小火炉，祖奶奶叹口气，扔在炕上，那年头，能吃上饭就不错，红泥小火炉绝对是只可远观的奢侈品。

　　于是红泥小火炉作为我奶奶的正白旗身份的例证和我们家娶了一个正白旗的媳妇的骄傲在角落里安闲了好几年。每年新年大扫除时，奶奶都把它擦了又擦，细细端详了，如同面对一往情深却终是分别的爱人。

189

又仿佛擦的不是火炉，而是一段越来越不清晰的往昔岁月。

但是有一年那个红泥小火炉用上了，大伯母进门的头一年，除夕夜，奶奶郑重的在柜子里请出了那个红泥小火炉，加炭火，锅里放上煨好的羊肉，干菜，奶奶的动作娴熟，显然在心里操作多次，炉火烤着她通红的脸蛋儿，像返老还童，眼睛被火碳照的直淌泪星子，可她在小火炉旁边看不够的看，仿佛怕那炉子一时之间飞升而去似的。

祖奶奶出来进去顶这个家，如今瘫在炕上好几年了，奶奶一边挑着锅里的羊肉给她吃，一边看着氤氲热气中着红穿绿的大伯母笑，祖奶奶看一眼奶奶稀疏的头顶说"你也吃吧。"然后叹了一口气，这一辈子她总算对这个女人说出了这句话。

按照好人必有好报的逻辑，奶奶在把祖奶奶送了终之后，应该是坐在炕头梆梆梆嗑烟袋的，可偏偏大伯并没有娶一个正白旗回来，大伯取的是本村的一个姑娘，她看不得奶奶穿的大襟褂子，看不得奶奶擦鼻子不时从怀里抽出大手帕子。于是在爷爷不能像老牛一样拉着犁地的绳索奔走时，老两口退到了偏房寻清净。后来爷爷一直那样的咳，他默不作声，咳嗽代替所有语言，咳着咳着，有一天早晨不咳了，于是奶奶的世界更安静了，她在小窗唯一的一块玻璃上看见棚子搭起来，爷爷被放进木制的棺木里，燃着香，一夜都燃着，悠悠的岁月，一夜就燃尽了，第二天清早，唢呐响起来，奶奶看着一群人吹吹打打的抬走了她的世界。她搂着没炭火的红泥小火炉，如今没什么不能放手了。

她去世的时候，爸爸和妈妈在千里之外的五七干校修河堤，回家的时候就剩这个姑姑交到他手里的红泥小火炉，还有长了荒草的一抔黄土。

我听爸爸讲奶奶的故事，总觉得那是只有出发而没终点的行走，一个悬而未决的故事，结局在不可知的地方。

"晚来天欲雪，可饮一杯无？"那是文人骚客的情态与境界，我们家的红泥小火炉，炖的是祖奶奶，奶奶们淡而悠长的岁月。

雪里蕻遇豆腐

　　谁的故乡没有几道令游子魂牵梦绕的看家菜？谁的记忆里没有才下舌尖又上心头的悠悠回味？我的故乡调兵山自然不例外。不过，于万千美食之中，唯有一样菜，百吃不腻，无论何时何地，一见之下都会有原来你也在这里的铭心与亲近，那就是，雪里蕻炖豆腐。

　　提起雪里蕻炖豆腐，总让我想起 黄霑的《沧海一声笑》，就像透过小桥流水的江南雨雾闻到梅菜扣肉的香。提起北菜大家想的最多的可能是猪肉炖粉条的杀猪菜，当然大碗酒，大块肉，长长的粉条吃个够。这是关东人的豪兴，但是，杀猪菜可能一年才吃一回，平时撑北方人场的，那可是雪里蕻炖豆腐，谁家再穷，一碗雪里蕻炖豆腐还是端得上饭桌的。

　　雪里蕻许多人也写作雪里红，其实是用盐腌制好的芥菜缨子。芥菜的根茎腌成咸菜疙瘩，它的茎叶就剩下了，不能白扔，洗净另用一个坛子腌好，冬天的时候取出来，切成小段，放一点猪油葱花炸锅炒香，添汤打豆腐，就是把切成块的豆腐下锅里，再洒进雪里蕻，最好再扔进几小段红辣椒，吃一口豆腐香嫩，夹一筷子雪里蕻咸爽，再加上一点红辣椒的辣，喝一口热汤，保证你从舌尖到胃里，热乎乎，麻酥酥那叫一个舒服。但是最讲究的人家，还是火盆上的砂锅雪里蕻炖豆腐，红泥的火盆，炭火埋在草灰中半隐半现，黑色的沙盆坐在铁架上，碧绿的雪里蕻和雪白的豆腐块已潜伏清水，几星红辣椒点缀其中，主妇一边撒入葱花和姜丝，一边舀一调羹猪油浸进去，雪白的汤中立刻飘起了油花，看着碧绿雪白在汤中翻滚，再有几星小巧的鲜红逐流，真真让人有"雪染腊梅青竹碧"，"小园香径独徘徊"的联想，不禁也有了"一曲新词酒一杯"的情绪。

不过我小的时候我们家此刻是不饮酒的，往往是祖父围坐在火盆边，还有我这娇宠惯了的孙女，他从火盆里为我拔出烧好的黏豆包，亮黄的咖，咬一口粘濡的，豆馅又很香甜，就着又辣又热又咸又香的雪里蕻炖豆腐，可以一直吃到嗓子眼。母亲坐在炕边，不时从小砂锅里往桌上添菜，窗外也许正落着雪，一大家子围着热气腾腾的雪里蕻炖豆腐，吃的舒服满足，一切都很安静，只有火盆上小砂锅里雪里蕻炖豆腐咕嘟咕嘟冒着泡。

那日与朋小聚，面对满桌鱼肉，大家面色枯槁，味蕾发呆，都吃不下，突想起雪里蕻炖豆腐，特嘱店家做来，一时吃得兴味盎然，盆地见亮。肚饱心不舍的状态，于是相约不日再来。

"沧海一声笑，滔滔两岸潮。"多少美食俱往矣。归来细思，为何鱼肉与雪里蕻炖豆腐，一个遇冷一个遇热？二十年前，那情况可是要颠倒回来了，有肉谁吃雪里蕻炖豆腐？如今看着调兵山随处可见的粗粮馆，素食店，明明你就感觉到了回归传统和素食逆袭的强劲。都说君子之交淡如水，饮食也如此吧，清淡的东西能源远流长，肥腻的肉食只能博一时舌尖的快感，吃多了容易三高，还有人说阻碍思考，如此看来，君子可做，肉不可多食。

就像质朴侠义的雪里蕻炖豆腐，它从来都没屈了老百姓的生活大舞台，因此，如果你回调兵山来，大碗的酒，大口肉，热乎乎的雪里蕻炖豆腐，管你够。

四月当食柞椤叶饼

　　行走在城市里的时候，想到故乡锁龙沟葱绿的大山，总觉得相隔甚远，甚至怀疑那是自己曾经穿越过来的地方。

　　我的故乡锁龙沟是辽北的一个小小村落，从前有过出门即见满目苍翠的旷野与群山的时光，山上有密密的柞椤树，柞椤树又称做橡树或柞树，柞椤树是满语，它枝干粗壮而高大，叶片浓绿得有些粗糙，两面锯齿，总让我想起终年劳作的手。而围绕着柞椤树，不但有美丽的传说，还有美食。暮秋时节，柞椤树叶已经长成，如女子巴掌大小，层层叠叠挂在高大的树上，玛姆便对父亲说，知了乏，叶子疏。再不摘点柞椤叶回来，就都落地了。父亲答应一声，傍晚回来，他的帆布兜子里一准采了满满的柞椤树叶子，摞得整整齐齐。玛姆掏出来，洗净，串好，就那么挂在仓房的过梁上，静静的引你联想来年春天柞椤树叶饼的香。

　　当四月的风刚刚刮过村庄，偶尔便会从哪家传出柞椤叶饼的香气了。玛姆摘下梁上的柞椤叶，泡在大盆子里，带着宠溺的对我说"玛姆今天给宝做柞椤叶饼啊"我便开心的在她身后欢跳。

洗净的梓椤树叶泛着暗绿的光，规规整整排在大白盆里，玛姆忙着把玉米或高粱米面糊涂在波罗叶的光面，此时采来的野芹菜已经洗净切碎放了喷香的鸡蛋拌好，玛姆一边把拌好的馅包进涂了面糊的波罗叶，一边给我讲那个古老的传说，很早以前，女真人的祖先以狩猎为生，可是随着族群的壮大，猎物越来越少，他们只好也学汉人吃谷物，可吃了谷物的族人却都拉起肚子来，全族惊恐，这时族中的一位长者梦到仙人对他说用梓椤树叶做饼吃了就会痊愈，族人争而效之，竟无药而愈，自此以后，满人就有了吃梓椤叶饼的习俗。玛姆当年说的有些絮叨，甚至前言不搭后语，她让我帮她拿盆拿碗的间歇，也会忘了讲到哪里，常常又会从头来一遍，我反正心思不在故事里，只专注她放在蒸锅里那些包了喷香的芹菜馅的梓椤叶饼上。

　　热腾腾的蒸汽伴着清香在灶间弥漫，在这二十分钟里，坐在小板凳上的我看着锅下跳动的火苗，大可肆意遐想锅中将熟的梓椤叶饼的模样，并由此生发有趣的童话故事。

　　甚至在玛姆把一盘热腾腾香气四溢的梓椤叶饼端到面前时，我心中的历险还没有结束。玛姆用剌人滚热的大手摸摸我额头"宝儿想啥呢。"我便不理会，急急的把叶子拨开来，褐白或金黄的面裹着翠绿的馅，一口下去，芹菜又脆又爽，梓椤叶的清香又糅合在新玉米的香味里，面皮劲道，那种金黄翠绿的模样也让人从心里喜欢，我一个接一个的吃，一直吃到胃里心里都有了得意的满足为止，那时觉得整个身体都被梓椤叶饼的香气浸透了，自己就像个坐在门槛上的特大号梓椤叶饼。玛姆出来进去忙着活计，一边嗔怪的吆喝我"慢点，慢点。"然后小声嘀咕道"吃得像个小饿狼似的。"

　　日子怎么溜走的呢？一点没印象，走着走着，梓椤叶饼和玛姆的翠绿世界都失散了，餐桌变得琳琅满目，甚至有些光怪陆离。如果不是偶然一次逛街看见那家叫做梓椤叶饼店的地方，这种美食在记忆里彻底沉沙。暗暗记下位置，第二天马上邀了朋友分享我童年的舌尖快意，征得店主同意，我还特意带着大家去后厨看了桲椤树叶。

饼上来，大家的目光越过别的菜肴聚集在它身上，时隔多年又见面的桲椤树叶饼，亲切中自有深深的感慨，我看着满桌急着要拨开它神秘的面纱的客人，我故作镇定"吃吧吃吧。"玛姆的身影和氤氲热气的桲椤叶饼却在脑海中一幕幕腾起。现在的桲椤叶饼更讲究了，六谷面，各种荤的素的馅，味道很完美也上档次。

大家都夸好吃，我的心却已飘回了玛姆的老屋，他们认为好吃，是因为他们从没吃过玛姆的桲椤叶饼。也许玛姆的厨艺并不高超，工艺也不上档次，可是那种刚刚离开土地就到餐桌的东西带着土地和玛姆的灵气，那种原生态的香，是任什么调料也无法装饰的，也无关它头顶的神话光环，只因劳动的手对于来自土地的食材最有发言权。

锁龙漫卷干豆腐

这世界，有东就有西，有南就有北，有方就有圆，有厚就有薄。有水豆腐，就有干豆腐。

豆腐，我历来认为低调奢华，食品中的白衣侠客，长相方正，白玉无瑕，你看，形容一个人心底纯正善良，都说"刀子嘴，豆腐心"，可见，豆腐从本质就是良善的。而且最可贵，即使"衣带渐宽终不悔"，瘦成干豆腐，那也是坚持"吾将上下而求索"，绝不脱离群众，没离开老百姓的餐桌。

这也不足为奇，来自黑土地的豆子，那也是"出黑土而不染"，就连大名鼎鼎的陶公想展现自己的田园情怀，都是选择种豆子的，虽然他南山的豆子"草盛豆苗稀"，一方面说明他种田技术不行，虽然"带月荷锄归"，很勤奋，可光有勤奋是不行的。另一方面说明豆子是接地气的，来自广袤的原野，还没人说，种豆花盆里，它生而为实用，不是观赏类。跟牡丹玫瑰不沾边，顶多和杂草做做邻居。虽非公子贵客，窈窕淑女，但不但百姓餐桌渴求，就是文人骚客，王公贵族也喜闻乐见。当然谁都知道，苏东坡就有独创品牌"东坡豆腐"，还有"旋前磨上流琼液，煮月档中滚雪花"，大家也都知道说得是谁。

但是人们常见的是水豆腐，也就是豆腐块，方方正正，白白净净，笑容可掬。可炖可炒，可凉拌。所谓"瓦罐浸来蟾有影，金刀剖破玉无瑕"。说到干豆腐，就有点奢华的意味，因为水豆腐自己家就可以做，豆腐块吗？以前家里秋天收了豆子，小毛驴一套，磨了豆子，就可以做顿水豆腐吃，可是干豆腐呢，每当家里来客人，母亲才会低声跟父亲说："去买点干豆腐吧。"瞧，从前干豆腐是服务于客人的，家里并不常吃，因此它可以称为豆腐中的贵族。为什么呢，也许因为它是水豆腐的深加工，应了那句话，锤炼出精华，硕士跟博士肯定不一样啊。我小时候就很奇怪，那么厚，水淋淋的豆腐块，怎么就压成薄薄的，纸张一样的干豆腐，这样的想象，足以在一个孩子心里产生崇拜，因此幼年对于干豆腐，吃的时候，是带着好奇的。

长大了，机缘巧合，我嫁到一个叫锁龙沟的地方，公公婆婆以前开过豆腐坊，"近水楼台先得月"，得以偷窥天机。做干豆腐的程序前半部分和水豆腐无二，泡豆子，机器或石磨磨成豆浆，煮开，稍凉一凉，用卤水点成豆腐脑，自己家做和豆腐坊区别是，豆腐坊不用锅盛，是用大缸，如果吃水豆腐，点好了是要盖上盖子闷一会，可是做干豆腐，不一样了，点好以后，要用一根木杠用力在盛满豆腐脑的大缸里搅，搅得越碎越好，我常常想象大缸里玉屑飞溅，有力的臂膀，热汗淋漓，那种画面的震人心魄。劳动与力量，人与自然的完美结合是最美。豆腐搅成豆腐沫，一件重要道具出场了，做干豆腐专用的木头扎，是什么呢，方型的木头模子，上面带着类似千斤顶的东西，木头扎里铺上白色细纱布，一瓢豆腐沫泼上去，泼多少是个绝对的技术活，泼多了，压出来的干豆腐就厚，泼少了，压出来的干豆腐就薄。泼一层，上一个木头扎，一直这样，像一个个蒸馒头的大蒸屉，直到把缸里所有的豆腐沫泼完，盖上一个盖子，用类似千斤顶的铁块压，如何压呢？是不断的拧紧贯穿铁块的螺丝。大约压多久也是有讲究的，一般半个小时，干豆腐压成了。

在市场上见到标着纯手工制作的东西价格总是高于机器生产，我觉得颇有道理，经过手工的东西总是带着情感的温度和人自身的某种灵气，味道是不一样的。干豆腐也一样，每一片干豆腐都是用手揭下来的，当然，这是指纯手工干豆腐，吃在嘴里的每一片，都曾有一双手把它从木头扎里请下来，装箱，带到市场。

古话说"人争一口气，豆取一脉水"。好的干豆腐，不但要求原料大豆的品质，生产者的技术，它跟好酒一样，对水的要求很高。我初嫁锁龙沟，回门的时候婆婆非要我带点干豆腐，我有点不情愿，因为葫芦岛的干豆腐有名气，虹螺岘干豆腐都是出口的。我们家是爱豆一族，对豆制品还是有相当品味，我怕锁龙沟的干豆腐跟我组合到一起就被贴上穷乡僻壤的标签。但用上那句广告词，迫于情面，我抱着试试看的心情还是带上了。没想到父亲和家人尝过之后，交口称赞，以后回娘家，锁龙沟干豆腐成了必备品。

回来问究竟，婆婆说，咱们锁龙沟的水好，为什么呢？有一口锁龙井，四季都不结冰，是山泉。因为有真命天子在井里呆过，公公补充说。是否因为有真命天子，就粘了灵气，不敢确定，但一方水土养一方人，却是亘古不变的真理。锁龙沟的水好，因此豆腐香，确乎也不是弄玄。但是否因天子驻足，却是周瑜打黄盖，无关豆腐的事儿了。

市场上见到锁龙沟手工豆腐，尽管买个一斤或八两，故事任人评说，老百姓，吃的还是质朴厚道的豆腐。

一豆腐，一世界

　　豆腐是百姓餐桌上的软白金，一年四季，平时过节，都离不开豆腐。不记得在哪里看过这样的诗句，"旋乾磨上流琼液，煮月铛中滚雪花"，说的就是豆腐。诗中，豆浆豆腐被形容为琼浆雪花，何等雅致，可见豆腐是雅俗共赏，即是百姓的美食，也是达雅之人的佳肴。

　　豆子加水磨碎成汁，就是豆浆，豆浆煮熟加卤水或石膏点致成膏状，既豆腐脑，豆腐脑还可压制成豆腐块和纸张一样薄的干豆腐，豆腐皮。困难时期还有一种独创，豆腐过滤后的豆腐渣，人们不舍得扔，用它做菜，还取一个漂亮的名字，谓之雪花菜。如果加几叶白菜，那又不得了，就叫做阳春白雪了。这些简单的菜肴却取这么浪漫的名字，显然有人们乐观自嘲的意思。

　　豆腐除了这样吃以外，还有一种吃法，谓之小豆腐，小豆腐就是豆子在磨成豆浆之后，并不滤除渣滓，直接把豆浆熬熟，再加上蔬菜。以前家中没好吃的，天冷时熬这么一锅小豆腐，热气腾腾端上桌，一家子热热闹闹吃起来，倒也是开心的烟火人家。现在的人喜欢吃小豆腐，是认为这样吃绿色环保，营养丰富，所以倒成了初冬流行的菜肴。我们家附近市场上卖小豆腐的夫妇，如果不提早预定，天黑之前一定就卖完收摊了。我想，人们这样喜欢，当然跟这种吃法的确营养丰富之外，还应该有着一种怀旧情结。带着某种时代烙印的吃食，在吃的时候总会使你边吃边有某种意绪或故事在心头，或酸或苦或甜。然后讲与你一同吃的人听，如果你们有过共同的经历，在这种共鸣的回顾中品着食物，那也就吃的别具风味。

我的家在辽西，吃豆腐更是有传统，以前是石磨，用人或者牲口推，现在都是电动的机器，虽然效率提高了，可总有些地方味道差了一点点。辽西的豆腐有一种独特的吃法，叫做笊篱豆腐，要看的明白笊篱豆腐，先要明白笊篱为何物，笊篱是用辽西本地产的高粱，在秋后高粱秸刚拔下时，抽取顶部最细的部分，用细绳编订成的一种似浅盆的容器，吃笊篱豆腐的时候，把这种容器搭在盆子上，把用卤水点好的豆腐盛到容器里，豆腐在容器上热气腾腾，豆浆与卤水反应产生的汁水却在高粱秸做成的容器的缝隙，渗到下面的盆子。吃笊篱豆腐还有一特殊风俗，就是必须用筷子把柔软的豆腐夹到自己的碟子里去，这是一种技术活，外乡人做不好的时候，主人为免他尴尬，往往会许他用羹匙来舀，但对不受欢迎的客人，会借此看他的笑话。调料也是讲究的，除了各种佐餐的小菜，还有蒜末，姜末，辣椒油和香菜末。豆子虽是便宜的素食，可是因为做法的复杂，心情的隆重，因此，辽西的笊篱豆腐也只有尊贵的客人到来或者过节的时候才得享用。

因为时间地点的关系，如今笊篱豆腐已少吃，想豆腐的时候，就去市场买一豆腐块，聊解我相思之苦。朱熹有几句诗"种豆豆苗稀，力竭心已腐。早知淮王术，安坐获泉布。"可见被胡济苍比作清廉方正客的豆腐也不可免俗，被用做"淮南之术"获取"泉布"。

因此烟火人间才是最真实的生活吧，一豆腐一世界，人生好比豆苗变豆腐，终是淹没于烟火红尘。